KB115344

북검전기

우각 新무협 판타지 소설

북검전기 3

우각 新무협 판타지 소설

초판 1쇄 찍은 날 § 2014년 12월 12일
초판 1쇄 펴낸 날 § 2014년 12월 22일

지은이 § 우각
펴낸이 § 서경석

편집부장 § 권태완
편집책임 § 박은정
디자인 § 신현아

펴낸곳 § 도서출판 청어람
등록번호 § 제387-1999-000006호
등록일자 § 1999. 5. 31
어람번호 § 제2-2557호

주소 § 경기도 부천시 원미구 부일로 483번길 40 서경B/D 3F (우) 420-822
전화 § 032-656-4452 팩스 § 032-656-4453
http://www.chungeoram.com
E-mail § chungeorambook@daum.net

ⓒ 우각, 2014

ISBN 979-11-04-90020-4 04810
ISBN 979-11-316-9283-7 (세트)

3

북검전기

우각 新무협 판타지 소설

FANTASTIC ORIENTAL HEROES

도서출판 청람

目次

1장

때론 예상치 못한 인연도 있다

평화란 무엇인가?

싸우지 않아서 평화가 유지되는 것인가,

그도 아니면 싸울 수 없는 상황이라서 평화가 유지되는가?

태평성대란……

그저 모두가 무기력한 그런 시대가 아닐까?

　난주(蘭州)는 예전부터 서역과 중원의 교역 요충지로 유명했다. 중원의 문물이 이곳을 통해 서역으로 전해지고, 사막 너머 이역의 신비한 물건들이 이곳에서 중원으로 전파되었다.

　물건이 몰리니 돈이 자연스럽게 흘러들고, 그 돈을 따라 또 수많은 이가 몰려들면서 난주는 불야성(不夜城)을 이뤘다. 비록 중원의 여타 성도들에 비해 화려함은 뒤처질지 몰라도 맥동하는 생명력 하나만큼은 가히 최고라 할 수 있었다.

　거리에는 수많은 사람과 상단이 오가고, 그들의 주머니를 노린 상인들의 호객 행위가 벌어지고 있었다. 어떤 이들은 목청을 높여 싸우고, 또 어떤 이들은 만족스러운 거래에 미소를 지었다.

사람들이 가득 찬 거리 양쪽에는 수많은 객잔과 기루가 영업을 하고 있었다. 유달리 객잔과 기루가 많이 모여 있는 이곳을 사람들은 복주가(復酒街)라 불렀다. 떠난 사람도 술을 마시기 위해 다시 돌아오는 곳이란 뜻으로 그렇게 부르는 것이다.

현월객잔(玄月客棧)은 복주가 북쪽에 위치하고 있는 조그만 객잔이다. 다른 객잔들에 비해 규모는 작지만 장사가 꽤 잘되는 곳 중의 하나였다. 현월객잔과 불과 십여 장밖에 떨어지지 않은 곳에 천하십대상단 중 하나인 백룡상단의 정문이 위치해 있기 때문이다.

"오늘은 어찌 한가하구나."

현월객잔의 점소이 마복이 기지개를 켜며 중얼거렸다.

어제만 해도 정신없이 몰려드는 손님들 때문에 혼이 쏙 빠졌었는데 오늘은 이상하게 한가했다.

'뭐, 이럴 때도 있어야지.'

손님이 많으면 주인이야 돈을 많이 벌겠지만, 일개 점소이에 불과한 마복은 그저 죽어날 뿐이다. 그래도 손님이 없으면 눈치가 보이긴 했다.

끼익!

그때 누군가 현월객잔의 문을 열고 들어왔다. 상당히 먼 길을 걸어왔는지 남자의 머리와 피풍의에는 먼지가 두껍게 내려앉아 있었다.

마복이 반갑게 남자를 맞이했다.

"어서 오세요. 저희 현월객잔에 잘 오셨습니다."

"자고 갈 건데 방은 있느냐?"

"물론입지요. 몇 인실로 드릴까요?"

"일인실로 다오. 가급적이면 수욕을 할 수 있는 욕조가 있는 방이면 좋겠구나."

마복이 고개를 들어 남자를 바라봤다. 얼굴 가득 난 수염과 언제 씻었는지 모를 정도로 시커멓게 낀 때가 남자의 나이를 짐작할 수 없게 했다.

'어이쿠야! 까마귀가 형제 하자고 하겠구나. 도대체 물을 몇 번을 퍼 날라야 하는 거야.'

마복의 생각을 읽었는지 남자가 피식 웃으며 손가락을 튕겼다. 그러자 허공에서 무언가 번쩍이더니 마복의 손으로 들어왔다. 은빛이 번쩍이는 은자였다.

"오늘 숙박비로 쓰고 남는 것은 가지거라."

"아이쿠! 손님, 이러실 거까지야."

마복의 입이 귀까지 찢어졌다.

점소이 일을 하루 종일 해봐야 동전 열 문이나 받을까 말까

한다. 은자 한 냥이면 최소 쌀 두 섬 값이다. 현월객잔의 최고 좋은 방에서 머물며 최고 비싼 음식을 주문해도 최소 서른 문 정도가 남았다. 마복이 사흘을 뼈 빠지게 일해야 겨우 벌 수 있는 금액이다.

"최고 좋은 방으로 모시겠습니다요. 복주가와 백룡상단이 한눈에 들어오니 묵으실 만할 겁니다. 흐흐!"

"수욕부터 하고 싶구나."

"이를 말이겠습니까? 저를 따라오십시오."

마복은 재신을 만났다고 생각했다.

남자가 마복을 따라간 곳은 현월객잔의 별채였다. 별채는 높은 지대에 위치해 있어 담 밖으로 백룡상단과 복주가가 한눈에 들어왔다.

"여기에서 머무시면 됩니다. 잠시 기다리시면 금방 수욕하실 준비를 해놓겠습니다."

"고맙구나."

"그럼……."

마복이 달려나간 후 남자가 별채에 짐을 풀었다. 짐이라고 해봐야 광목으로 칭칭 둘러싼 기다란 막대기와 조그만 보따리가 전부였다.

"휴!"

남자가 한숨을 내쉬며 자리에 앉았다. 그가 머리를 쓸어 올리자 본모습이 드러났다. 짙은 눈썹 아래 자리한 검고 깊은 눈동자와 우뚝한 코, 굳게 다문 입술. 누가 봐도 호남형인 얼굴의 주인은 바로 진무원이었다.

"열흘 만인가?"

적암산을 떠나 이곳에 도착하기까지 열흘이 걸렸다. 중간에 길을 잃지 않았다면 좀 더 빨리 도착했겠지만, 말을 타지 않은 것을 감안하면 이 정도도 충분히 빨리 온 셈이다.

진무원은 태어나서 북천문과 적암산을 벗어난 적이 단 한 번도 없었다. 본의 아니게 연금 생활을 하다 보니 천하의 지리에 어두웠다. 비록 열흘이나 걸리긴 했지만, 이곳 난주를 찾아온 것만 해도 그에게는 기적이나 마찬가지였다.

진무원이 백룡상단의 정문을 바라봤다. 활짝 열린 백룡상단의 정문으로 긴 마차 행렬이 들어가고 있었다.

황철이 일하는 곳이었다. 진무원은 황철이 이곳에서 힘들게 일해 번 돈으로 자신을 뒷바라지했다는 사실을 알고 있다.

백룡상단을 바라보는 진무원의 눈에서 만감이 교차하는 순간 마복의 목소리가 들려왔다.

"손님, 수욕할 준비를 마쳤습니다. 이리 오세요."

진무원은 상념에서 깨어나 마복의 목소리가 들려온 별채 뒤쪽으로 향했다. 별채 뒤쪽에는 따로 공간이 있었는데, 그 안에 큰 나무 욕조가 있었다.

"헤헤! 여기서 씻으시면 됩니다요. 물을 갈고 싶으면 절 부르시면 됩니다."

"알겠다."

"그럼 저는 가서 미리 식사를 준비하라 일러놓겠습니다."

마복이 자리를 뜨자 진무원이 옷을 벗고 나무 욕조로 들어갔다. 맑은 물이 가득하던 욕조는 순식간에 더러워졌다. 지난 열흘간의 여정이 고스란히 묻어나오는 듯했다.

진무원이 가슴까지 물에 담근 채 눈을 감았다.

'황숙.'

석 달 전에 오겠다던 사람이 소식조차 없었다. 진무원은 본능적으로 황철에게 무언가 변고가 생겼음을 알아차렸다. 황철은 결코 약속을 어길 사람도 아니고 함부로 잠적할 사람도 아니었다.

'내가 너무 무심했다.'

항상 황철에게 받기만 했지 그가 하는 일에는 별반 관심이 없었다. 그가 아는 것이라곤 황철이 백룡상단이라는 곳에서 보표를 하고 있다는 것 정도였다.

아무리 무공을 익히는 데 정신이 없었다지만 너무나 무심했다. 다른 사람도 아니고 황철의 일인데 말이다.

진무원이 입술을 지그시 깨물었다.

'부디 살아만 있길.'

살아만 있으면 된다. 무슨 수를 써서라도 반드시 제자리로 돌려놓을 테니까.

아버지 진관호가 그렇게 비명에 간 후 유일하게 그의 편이 되어준 황철이다. 진무원에겐 아버지 대신이고 의지하고 믿을 수 있는 유일한 사람이었다. 그래서 어떠한 경우에도 절대 포기할 수 없었다.

수욕을 마친 진무원은 조그만 소도로 수염을 밀기 시작했다.

슥슥!

그가 손을 움직일 때마다 수염이 뭉텅이로 잘려 나갔다.

"후우!"

마침내 수염을 모두 깎은 진무원이 한숨을 쉬며 턱을 만졌다. 매끄러운 감촉이 이질적으로 느껴졌다. 진무원은 내친김에 봉두난발인 머리까지 잘라냈다.

밖으로 나온 진무원은 보따리를 풀었다. 그러자 곱게 접혀 있는 적갈색 무복이 보였다.

이 역시 황철이 선물해 준 것이다.

"북천문의 영역은 모두 적갈색입니다. 갈색의 대지에 적의 피가 흘러 그렇게 변한 거지요. 그래서 적갈색은 북천문을 상징합니다. 공자님에겐 이 적갈색의 무복이 어울립니다. 누가 뭐래도 공자님은 북천문 그 자체니까요."

진무원은 이제까지 입고 있던 누더기 대신 황철의 염원이 담긴 적갈색 무복을 입었다. 마치 자로 잰 듯 옷은 진무원의 몸에 딱 맞았다. 황철이 얼마나 세심히 골랐는지 그 마음이 느껴졌다.

진무원은 무복과 함께 있던 끈으로 치렁치렁하게 늘어뜨린 머리를 대충 동여매고 밖으로 나왔다.

마복이 별채 밖으로 나온 진무원의 모습을 보고 눈을 동그랗게 떴다. 수염을 덥수룩하게 길러 나이가 무척 많은 줄 알았는데 무척이나 젊고 잘생겼기 때문이다.

"어이쿠! 못 알아볼 뻔했습니다. 이렇게 헌앙하실 줄은 정말 몰랐습니다."

"아부는 그만하고 음식이나 내오거라."

"진심입니다요."

마복이 억울하다는 표정을 지었다. 과장된 그 모습이 싫지 않았기에 진무원은 피식 웃고 말았다. 그러자 마복이 언제 그랬냐는 듯이 다시 활짝 웃으며 말했다.

"그렇지 않아도 이때쯤 나오실 것 같아 이미 준비해 놨습니다. 앉아 계시면 금방 가지고 나오겠습니다."

마복은 자신의 말대로 금방 음식을 내왔다.

돼지볶음에 잉어찜, 볶은 죽순까지 꽤나 신경 쓴 듯한 요리가 탁자를 가득 채웠다.

"헤헤! 마지막으로 요건 저희 현월객잔이 자랑하는 소흥주입니다."

경망스러운 웃음과 함께 마복이 탁자 위에 조그만 항아리를 올려놨다. 밀봉된 마개 사이로 흘러나오는 주향이 보통 향긋한 것이 아니었다.

"맛있겠구나."

"끝내줍니다. 제가 보증할 테니 맛있게 드십시오."

진무원이 고개를 끄덕이며 밀봉을 풀었다. 그러자 주향이 더욱 강하게 흘러나왔다.

마지막으로 황철이 찾아왔을 때 함께 마신 술이 생각났다. 주향이 비슷하게 느껴졌다.

진무원이 우선 한 모금 맛보았다.

'똑같다.'

그때 마셨던 그 술이 분명했다.

진무원의 시선이 마복을 향했다.

"혹시 황철이란 이름을 쓰는 무사를 알고 있느냐?"

"황 보표님을 아십니까?"

마복이 눈을 동그랗게 떴다. 진무원은 자신의 짐작이 맞았음을 직감했다.

"내 숙부 되시는 분이다."

"그럼 공자님 성함이 진, 무 자, 원 자 되시겠군요."

"내 이름을 어찌 아느냐?"

"어이쿠! 이찌 모를까요. 황 보표님은 술에 취하면 항상 공자님 이야기를 했습니다. 가문을 다시 일으키실 소중한 분이라면서 어쩌나 자랑을 하시던지 지금도 귀에 생생합니다."

마복의 말에 의하면 황철은 이곳의 단골이었다. 힘든 상행을 마치고 나면 항상 이곳을 찾아 소홍주를 마시곤 했던 모양이다.

"그러고 보니 황 보표님이 자주 앉던 자리도 공자님이 지금 앉은 자리네요. 세상에 이런 우연이……."

마복의 말에 진무원이 탁자를 조심스럽게 어루만졌다.

황철이 앉아서 술을 마시던 곳, 황철이 세상을 바라보던 곳이다.

백룡상단이 눈에 들어왔다. 이곳에서 황철은 술을 마시며 백룡상단을 바라봤을 것이다. 황철은 하루 일과를 끝내고도 백룡상단 지척에서 맴돌았던 것이다.

황철이 얼마나 백룡상단을 소중하게 생각했는지 알 것 같았다.

'황숙.'

그의 귀로 마복의 주절거림이 들려오고 있었다.

       ＊   ＊   ＊

진무원이 고개를 들자 백룡상단의 현판이 보였다. '백룡'이라는 이름만큼 힘차고 웅혼한 글씨가 인상적이었다. 분명 명인의 솜씨일 것이다.

진무원의 상념을 일깨우는 목소리가 있었다.

"자네는 누군가?"

허리에 검을 찬 무인 두 명이 진무원을 향해 경계의 눈빛을 보내고 있었다. 백룡상단의 정문을 지키는 수문무사들이었다. 그제야 진무원은 자신의 실수를 깨닫고 그들에게 포권을 취했다.

"결례를 범했습니다. 소생은 진무원이라고 합니다. 이곳에 보표로 있는 곽문정이란 아이를 찾아왔습니다."

"곽문정? 호상단에 있는 그 곽문정 말인가?"

다행히 수문무사 중 한 명이 곽문정을 아는 모양이었다. 이제 사십 대 초중반에 콧수염을 멋스럽게 기른 남자였는데, 그가 수문무사 중 가장 연장자인 듯했다.

그가 진무원을 향해 다가왔다.

"문정이를 어떻게 아는 건가?"

"직접 아는 것은 아니고, 숙부와 친했다고 들어서 찾아왔습니다."

"숙부?"

"이곳에서 보표로 있던 황철이란 분이 제 숙부입니다."

"그럼 자네가 황 형님의 조카란 말인가?"

수문무사가 눈을 동그랗게 떴다.

"황숙을 아십니까?"

"알다마다. 그 형님하고는 사흘에 한 번씩 꼭 술을 마셨지. 그 형님이……."

수문무사가 갑자기 말끝을 흐렸다. 황철이 근 여섯 달 동안 이나 소식이 없다는 사실이 떠올랐기 때문이다.

"그럼 황 형님 행방을 찾으러 온 것이겠군."

진무원이 말없이 고개를 끄덕이자 수문무사가 한숨을 내 쉬었다.

"휴! 나를 따라오게. 문정이 있는 곳까지 안내해 주겠네."

"감사합니다."

진무원은 수문무사를 따라 걸음을 옮겼다.

백룡상단 내부는 무척이나 거대했다. 한창 때의 북천문도 현재의 백룡상단에 비할 바는 아닌 듯했다.

"백룡상단은 처음 오는 거겠지?"

"예."

"처음 오는 사람은 모두 백룡상단의 전각에 압도당하는데,

자네는 그런 것 같지 않군."

"많이 놀라고 있습니다. 엄청나군요."

"천하십대상단 중 하나가 아닌가. 황 형님도 그에 대한 자부심이 엄청났지. 하지만 그보다는 자네에 대한 자부심이 더 컸네. 술만 마시면 늘 자네 이야기를 했지. 하도 들었더니 귀에 못이 박힐 지경이네."

"그랬나요?"

"요 앞에 있는 현월객잔에서 술을 자주 마셨네. 술만 마시면 늘 똑같은 이야기였지. 자신과는 비교가 안 되는 엄청난 조카가 있다고. 그가 언제고 다시 가문을 우뚝 일으켜 세울 거라고 말하곤 했네."

"황숙은 늘 그렇게 말씀하시곤 하지요. 하지만 저는 그렇게 대단한 사람이 못 됩니다."

"거야 두고 보면 알겠지. 어쨌거나 황 형님이 그렇게 말씀하셨으니 기대해 보겠네."

진무원의 생각 이상으로 황철은 수문무사와 친했던 모양이다. 수문무사의 목소리에는 황철에 대한 걱정이 가득 담겨 있었다.

문득 진무원의 시선에 분주히 움직이는 사람들의 모습이 보였다. 빈 짐마차 이십여 대가 세워져 있고, 사람들이 그 위에 짐을 싣고 있었다. 그 주위에는 보표들이 경계를 서고 있었는데, 눈을 부라리고 있는 모습이 마차에 싣는 물건이 보통 귀한 것이 아닌 듯싶었다.

"큰 상행이라도 나가는 모양입니다."

"노마님의 특별 지시로 꾸려지는 원행이라네. 자세한 내용은 나도 알지 못하네."

수문무사의 말에 진무원이 눈을 빛냈다.

경계를 서고 있는 보표들의 수준이 범상치 않았다. 눈에서 정광이 흘러나오는 모습이 백룡상단에서도 정예라고 할 수 있을 것 같았다.

그때 수문무사의 목소리가 다시 들렸다.

"다 왔네."

고개를 돌리니 커다란 연무장이 보였다. 연무장에서는 보표들이 땀을 흘리며 무공을 연마하고 있었다.

수문무사가 그들 중 우두머리로 보이는 남자한테 다가가 귀엣말로 속삭였다. 그러자 우두머리 남자의 표정이 살짝 변하더니 진무원에게 다가왔다.

"황 보표의 조카라고? 난 공진성이라고 하네. 이곳에 있는 보표들을 이끌고 있지."

"진무원이라고 합니다."

진무원이 포권을 취했다.

"앉게. 문정이는 잠시 후에 돌아올 테니 이야기나 나누세."

공진성이 나무 그늘 아래 앉길 권했다. 진무원은 고개를 끄덕이며 자리에 앉았다.

"그럼 이야기를 나누게. 나는 이만 가볼 테니."

"감사합니다."

수문무사가 미소를 지으며 다시 원래의 자리로 돌아갔다. 그러자 공진성이 입을 열었다.

"황 보표의 행방 때문에 온 거겠지?"

"그렇습니다. 아시는 것이 있습니까?"

"나도 자세히는 알지 못하네. 내가 아는 것은 단지 운남에 문제가 생겼고, 그 문제를 해결하기 위해 셋째공자와 수호대가 운남으로 갔다는 것이네. 그리고 노마님의 부탁으로 황 보표가 참여했고."

진무원의 눈매가 가늘어졌다.

"노마님이란 분은 왜 황숙을 그런 위험한 임무에 합류시킨 겁니까?"

"내가 높으신 분의 마음을 어찌 알겠는가? 하나 노마님이 아무런 생각도 없이 황 보표를 합류시킨 것은 아닐 것이네. 그분은 무척 생각이 깊고 현명하신 분이지."

공진성은 노태태를 무척이나 존경하는 듯했다. 그의 목소리에는 노태태를 향한 존경의 염이 담겨 있었다.

문득 공진성의 시선이 진무원이 들고 있는 설화로 향했다.

광목천으로 둘둘 동여맸지만 누가 봐도 검이라는 것을 알 수 있었다.

"검을 익혔는가?"

"그저 호신할 정도로 익혔습니다."

"그런가?"

공진성은 진무원의 말을 크게 생각하지 않았다.

황철은 항상 술만 마시면 진무원을 자랑하곤 했다. 그가 말한 생김새와 진무원의 외모는 꼭 닮았다. 그래서 그는 진무원을 의심하지 않았다.

그는 수문무사처럼 진무원의 존재를 크게 생각하지 않았다. 술을 마시면 누구나 침소봉대(針小棒大)하게 마련이다.

술자리에서는 조그만 장점도 과장되게 포장하게 마련이고, 평범한 재능의 소년이 엄청난 천재가 되기도 한다. 공진성은 진무원도 그런 경우라고 생각했다.

그래도 황철의 조카라는 이유 하나만으로도 진무원은 대접 받을 자격이 충분했다. 이곳에 보표로 있는 사람들 중 황철에게 술 한 번 얻어먹지 않은 사람이 없었다.

황철은 마음이 따스한 사람이었고 타인을 배려할 줄 알았다. 젊은 보표들에게 황철은 친형 같은 존재였다.

"백룡상단에서는 황숙이 실종되었는데 아무런 대책도 세우지 않는 겁니까?"

"자네는 정말 아무것도 모르고 있군. 황 보표만 실종된 게 아니네. 셋째공자와 수호대도 감쪽같이 사라졌네. 그야말로 백룡상단이 발칵 뒤집혔지."

여섯 달 전 운남성으로 떠난 이들의 소식이 끊기자 노태태는 진상을 조사하기 위해 무인들을 세 번에 걸쳐 파견했다. 하지만 그들 중 돌아온 이는 단 한 명도 없었다.

결국 노태태는 일반적인 방법은 통하지 않는단 사실을 깨닫고 특단의 대책을 강구하기에 이르렀다.

"현재 본 상단에는 대단한 무인들이 들어와 있네. 그들과의 교섭이 끝나는 직후 바로 운남으로 출발하게 될 것이네."

"그럼 아까 본 수레가……."

"그들을 지원하기 위한 물품들일세. 개중에는 패권회(覇拳會)에 협조를 구하기 위한 물건도 상당수 존재하지."

현재 운남성 일대에서 가장 영향력이 큰 단체라면 북천사주의 일인이던 권마(拳魔) 조천우가 세운 패권회였다. 패권회를 통하지 않고서는 운남성에서 어떠한 일도 할 수 없다는 것이 중론이었다.

백룡상단은 이제껏 패권회와 손을 잡지 않고 독자적인 상로를 개척해 왔다. 자연 패권회의 어떤 도움도 기대할 수 없었다. 그러나 셋째공자인 윤자명까지 실종된 마당에 독자적인 노선을 고집할 수는 없었다.

"결국 패권회에 바치는 뇌물인 셈이군요."

"그런 셈이지."

공진성이 씁쓸한 미소를 지었다.

천하십대상단 중 하나인 백룡상단이다. 비록 패권회가 대단하다 하지만 그 영향력만큼은 백룡상단이 한 수 위라 할 수 있었다. 그런데도 백룡상단에서 패권회의 협조를 요청하기 위해 뇌물을 준비했다는 것은 그만큼 사정이 절박하기 때문이다.

그제야 진무원은 백룡상단이 손을 놓고 있는 것이 아님을 알았다. 결과가 좋지 않아서 그렇지 백룡상단도 나름 최선을 다하고 있었던 것이다.

"저기 문정이 오는군."

공진성이 가리키는 방향에서 한 소년이 뛰어오고 있었다. 바로 곽문정이었다.

"그럼 이야기 나누게나. 말 나온 김에 나는 노태태께 가봐야겠네."

"혹시 이번 운남행에 저도 참여할 수 있겠습니까?"

"자네가?"

"허드렛일을 시켜도 좋습니다. 운남에만 갈 수 있다면."

공진성이 진무원의 눈을 바라보았다. 그의 눈빛은 매우 강렬해서 상단의 그 누구도 감히 마주 보지 못했다. 그러나 진무원은 달랐다. 그는 결코 흔들리지도 않았고 피하지도 않았다.

진무원의 의지가 눈빛에서 느껴지자 공진성이 나직이 한숨을 내쉬었다.

"휴! 노태태께 한번 말씀드려 보겠네."

공진성이 대답과 함께 자리를 뜨자 그 자리를 곽문정이 대신했다. 곽문정이 초롱초롱한 눈동자로 진무원을 바라보았다.

*   *   *

노태태는 찻잔을 든 채 앞에 앉아 있는 두 명의 젊은 남녀를 바라보았다.

관옥을 깎은 듯 조각 같은 외모의 남자는 입가에 옅은 미소를 짓고 있었다. 남자는 하늘색 유삼을 입고 있었는데 그 모습이 무인이라기보다는 서생 같았다.

남자의 이름은 종리무환이라 했다. 별호는 일보일계(一步一計), 비록 무공은 강호의 최절정 기재라는 칠소천(七小天)에는 미치지 못하지만 대단히 뛰어난 재능의 소유자였다. 최소한 머리를 쓰는 일만큼은 천하에서 가장 잘하는 사람 중의 한 명이었다.

매해 강호에는 수많은 기재가 쏟아져 나온다. 수백, 수천 명이 청운의 꿈을 안고 강호에 출도하는 것이다.

그들은 누구나 할 것 없이 운중천의 아홉 하늘을 꿈꾼다. 그러나 그것은 그야말로 하늘 위에 찬연히 빛나는 별을 따는 것만큼이나 불가능한 일이었다.

강호인들은 그나마 구름 위의 하늘이 될 수 있는 가능성이 가장 높은 자들을 뭉뚱그려 일곱 개의 작은 하늘, 즉 칠소천이라 불렀다.

옥기린(玉麒麟) 심원의.

소요공자(逍遙公子) 우태천.

광투귀(狂鬪鬼) 현공휘.

무영신룡(無影神龍) 비중연.

무산신녀(巫山神女) 남수련.

서천일화(西天一花) 연소소.

적화선자(赤花仙子) 서문혜령.

칠소천은 남자 넷, 여자 셋으로 이뤄져 있었으며, 각자의 재능이 그야말로 하늘을 찌른다고 알려져 있었다. 당장 개개인의 무력도 초절정에 달해 강호의 그 어떤 노고수에게도 밀리지 않는다고 했다.

칠소천만큼은 아니지만 종리무환도 강호가 주목하는 인재였다. 한 걸음을 옮길 때마다 한 가지 계책을 내놓는다는 일보일계라는 별호처럼 그는 뛰어난 심계의 소유자였다.

무엇보다 종리무환을 유명하게 한 것은 그가 바로 철기당의 부당주라는 직위를 가지고 있기 때문이었다.

철기당(鐵技黨).

낭인들로 구성된 문파였다. 구성원의 수는 겨우 십여 명 정도에 불과했다. 문도 수로만 보자면 강호의 수많은 문파 중 말석에 불과했다. 그런데도 철기당은 무척이나 유명했다.

그들은 타 문파의 의뢰를 받아 수행했다. 합당한 대가만 받으면 그 어떤 의뢰도 가리지 않았다.

뛰어난 계략과 강한 무력, 그리고 의뢰자를 배신하지 않는 신뢰까지 그들은 모든 것을 갖췄다. 그 중심에 철기당주 용무성이 있었다.

용무성의 신분 내력은 알려진 것이 거의 없었다. 단지 그가 무척이나 강한 무공의 소유자이고, 굉장한 뚝심을 가졌다는 것밖에는.

용무성이 철기당의 무력을 상징한다면, 종리무환은 지략을 상징했다. 의뢰자를 만나고 의뢰를 받아들일지는 모두 그가 결정했다.

노태태의 시선이 종리무환 옆에 앉아 조용히 차를 마시는 이십 대 중반의 아름다운 여인에게 향했다. 여인은 특이하게 도 설표 가죽으로 만든 옷을 입고 있었는데, 목덜미에서 가슴 까지 이어지는 끔찍한 검상이 고스란히 보였다. 그것이 그녀 의 인상을 더 강하게 했다.

그녀의 이름은 채약란. 종리무환과 마찬가지로 철기당의 부당주직을 맡고 있다. 듣기로는 그녀 역시 무척이나 강한 무 공의 소유자라고 했다.

노태태가 종리무환과 대화하는 내내 그녀는 단 한 마디도 입 밖으로 내뱉지 않았다. 그로 미뤄보아 무척이나 과묵한 성 격의 소유자가 분명했다.

노태태의 시선이 종리무환을 향했다. 그러자 종리무환이 씨익 웃으며 말했다.

"그럼 저희의 요구 조건이 모두 받아들여진 것으로 알겠습 니다."

"물론이에요, 종리 부당주. 임무를 완수한 그 순간 저희 백 룡상단은 철기당이 원하는 모든 대가를 지불할 거예요."

"이로써 거래 성립이군요."

종리무환이 미리 준비한 종이를 노태태 앞에 내놨다. 이제 까지 노태태와 종리무환이 거래한 내역이 모두 적혀 있었다. 그에 노태태가 혀를 찼다.

'지략이 대단하다더니 나와의 계약이 이렇게 마무리될 줄

이미 예상하고 있었구나.'

노태태는 윤자명을 구하기 위해 철기당에 의뢰를 넣었다. 만약 죽었다면 시신이라도 가져오고, 살아 있다면 반드시 구해온다는 전제하에 이런저런 조건이 붙었다.

협상하는 과정 중에 의견이 조율되고 처음의 협상안과는 전혀 다른 결과가 도출되었건만, 그 모든 것이 종리무환이 준비한 종이에 적혀 있는 것이다.

그 말은 곧 종리무환이 원하는 대로 협상이 진행되고 이뤄졌다는 뜻이다. 천하의 노태태가 종리무환이라는 기재의 손아귀에서 놀아난 셈이다.

그런데도 노태태는 기분이 나쁘지 않았다. 오히려 종리무환이 그만큼 대단한 심계의 소유자라는 사실을 확인한 셈이니 다행이라는 생각이 들었다.

만일 윤자명이 살아 있다면 그만큼 무사 귀환할 확률이 높아진 셈이니까.

노태태는 종리무환이 내민 종이에 수결했다. 이로써 계약이 성립되었다. 종리무환은 종이를 곱게 접어 품에 간직했다.

"백룡상단의 의뢰를 분명히 받았습니다. 내일 아침 바로 운남으로 출발하겠습니다."

"고마워요."

"저희가 윤 공자를 구해온 다음에 고마워하셔도 늦지 않습니다."

"그런데 설마 두 분만 가는 것은 아니겠죠?"

"물론입니다. 일단 저와 채 부당주, 그리고 초혼엽부(招魂獵夫) 임진엽, 칠교검사(七巧劍士) 공손창, 낙일철궁(落日鐵弓) 담진홍, 이렇게 다섯 명이 출발할 겁니다. 당주님을 비롯한 나머지 인원은 사천에서 합류할 것입니다."

종리무환이 거론한 세 사람은 모두 철기당의 무인으로 강호에서도 유명한 자들이다. 특히 추적과 구출 같은 임무에서는 그들을 당할 자가 없을 정도였다.

노태태가 의아한 표정을 지었다.

"당주께서는 사천에서 합류한단 말씀인가요?"

"예, 어차피 운남으로 가는 길목이기도 하거니와 그곳에서 의뢰를 수행하고 있습니다. 뭐, 그리 대단한 일이 아니라서 지금쯤 의뢰를 끝마치고 저희를 기다리고 있을 겁니다."

"그렇다면 안심이군요."

노태태가 나직이 한숨을 토해냈다.

돈에 관계된 일이라면 누구보다 냉정한 노태태였지만, 자식의 목숨과 연관된 일이다 보니 자신도 모르게 감정이 드러날 수밖에 없었다.

철기당은 그녀가 선택할 수 있는 최상의 패였다.

처음엔 운중천에도 협조를 구할 생각을 했지만 이내 포기했다. 운중천에서 그녀의 요청을 받아들이려면 수많은 이의 재가를 거쳐야 했고, 원하는 결과가 나오기까지 얼마나 오랜 시일이 소요될지도 알 수 없었다.

설령 운중천이 그녀의 요청을 받아들인다 해도 만족할 만한 무인이 파견 나올지도 미지수였고, 얼마나 큰 대가를 치러야 할지도 알 수 없었다.

그녀는 철기당과 계약한 것으로 만족할 수밖에 없었다. 철기당이 구할 수 없다면 아무리 아들의 목숨이라도 포기해야 했다. 그것이 백룡상단의 주인으로서 그녀가 내린 결정이었다.

노태태가 밖을 향해 말했다.

"공 단주 있습니까?"

"예, 노마님. 여기 있습니다."

밖에서 공진성의 목소리가 들렸다.

"안으로 들어오세요."

"예!"

곧 공진성이 문을 열고 안으로 들어왔다.

공진성이 노태태를 향해 고개를 숙였다.

"부르셨습니까?"

"철기당이 이번 원행에 함께하기로 했습니다."

"그렇습니까?"

공진성의 얼굴에 화색이 돌았다.

그도 철기당의 명성을 들어 익히 알고 있었다.

'이들과 함께라면 셋째공자를 구할 확률이 높아진다.'

종리무환이 공진성을 보며 포권을 취했다.

"잘 부탁드리겠습니다, 공 단주님."

"저희야말로 잘 부탁드려야지요."

공진성이 종리무환을 향해 황급히 포권을 취했다.

"내일 바로 출발할 터이니 공 단주께서 이분들을 보표들에게 소개해 주세요. 혹여 실수하면 안 되니까요."

"알겠습니다."

종리무환과 채약란이 자리에서 일어났다.

공진성이 그들을 데리고 밖으로 나가려다 말고 뒤돌아봤다.

"참, 이번 원행에 한 명을 더 데려갔으면 합니다."

노태태가 의아한 표정을 짓자 공진성이 급히 말을 이었다.

"셋째공자님과 함께 실종된 황 보표의 조카가 왔습니다. 그가 자신도 운남으로 데려가 달라는군요."

노태태의 눈이 빛났다.

황철은 그가 각별히 신경을 쓴 사람들 중 한 명이다. 오죽했으면 황철을 운남행에 끼워 보냈을까? 하지만 황철의 행운도 이번엔 통하지 않았다. 그 때문에 노태태도 황철에 대해서는 어느 정도 미안한 마음을 가지고 있었다.

"그런데 황 보표에게 조카가 있던가요?"

"술을 마실 때마다 늘 조카 자랑을 했습니다."

"그런가요? 내가 무심했군요. 막상 황 보표에 대해서는 제대로 아는 것이 하나도 없으니. 별문제가 없다면 같이 데려가세요."

노태태는 진무원을 그리 신경 쓰지 않았다. 평소의 그녀라면 절대 쉽게 넘어가지 않았겠지만, 지금 그녀는 심신이 너무나 지쳐 있었다. 이것저것 따지고 계산하기엔 머리가 너무나 복잡했다.

　　　　＊　　　＊　　　＊

진무원은 곽문정과 많은 이야기를 나눴다. 황철이 가장 정을 많이 준 아이다. 그래서인지 진무원도 곽문정이 남으로 느껴지지 않았다.

곽문정도 이번 운남행에 동행한다고 한다. 그가 자원했다고 한다. 공진성이 위험하다고 만류했지만 곽문정이 한사코 고집을 부린 것이다.

진무원이 이유를 물었다.

"왜 굳이 운남성으로 가려는 것이냐?"

"황 아저씨를 찾아야죠."

"무슨 수로?"

"몰라요. 어떻게든 되겠죠."

곽문정은 막무가내였다.

이제껏 제대로 된 상행에 따라가 본 적이 없는 곽문정이다. 기껏해야 인근 청해성의 성도인 서녕까지 따라가 본 것이 그가 한 상행의 전부였다.

감숙성의 성도인 난주에서 운남성의 성도인 곤명까지의 거리는 물경 삼천 리가 넘었다. 제대로 된 관도도 없고 수차례 수로와 육로를 갈아타는 것을 감안하면 편도만 두 달이 걸리는 엄청난 장거리 상행이다.

경험 많은 보표나 표사들에게도 힘든 일정을 아직 어린 곽문정이 견딜 수 있을지 의문이다. 하지만 이미 결정되었다니 번복할 수도 없는 노릇이었다.

"하긴 나도 남 말할 처지는 못 되는구나."

적암산에서 이곳까지 오는 동안 진무원도 무수히 길을 잃고 헤맸다. 이곳에서 운남까지 가려면 또 얼마나 헤매야 할지 감도 잡히지 않았다.

그때 곽문정이 물었다.

"그거 검인가요?"

그의 손가락이 설화를 가리키고 있다. 진무원이 말없이 고개를 끄덕였다.

"형도 검을 익혔나요?"

"조금."

"황 아저씨와 비교하면요?"

"글쎄다. 나도 잘 모르겠구나."

진무원이 말끝을 흐렸다. 그러자 곽문정이 시무룩한 표정을 지었다.

"그건 왜 묻느냐?"

"황 아저씨가 계실 때는 제 무공을 봐주셨는데, 지금은 아무도 저에게 신경 써주지 않아요."

"황숙이 무공을 봐줬더냐?"

"예, 제가 무공을 펼치면 항상 조언을 해주셨어요."

황철과 윤자명이 실종된 지난 여섯 달 동안 백룡표국은 그야말로 초비상 상태나 마찬가지였다. 사람들의 신경은 바짝 곤두서 있어 예민하기 그지없었다. 누구 한 명 한가롭게 곽문정의 무공을 봐줄 만한 여유가 없는 것이다.

진무원은 잠자코 곽문정을 바라봤다. 황철이 애정을 갖고 돌봐준 아이다. 그래서인지 오늘 처음 봤음에도 정이 갔다. 하지만 무공을 전수해 주는 것은 그와는 다른 차원의 일이었다.

안타깝긴 하지만 당분간은 그냥 지켜보는 수밖에 없었다.

"황숙이 돌아오면 분명 다시 무공을 가르쳐 줄 것이다."

"황 아저씨는 무사할까요?"

"무사할 거다. 분명히!"

진무원은 황철이 반드시 살아 있을 거라고 생각했다.

이제까지 고생만 했는데 아무런 영화도 누리지 못하고 허무하게 목숨을 잃으면 너무나 억울하지 않은가.

"내가 반드시 찾아내 데려올 것이다."

진무원이 설화를 잡은 손에 힘을 주었다. 그러자 웅웅거리며 설화가 몸을 떨었다.

그때였다.

문을 열고 공진성이 연무장으로 들어오는 모습이 보였다. 그 뒤를 젊은 남녀와 세 명의 중년인이 따르고 있다.

연무장 안에 있던 보표들이 수련을 멈추고 그들을 바라보았다. 그러자 공진성이 소리쳤다.

"모두 이리 모이도록!"

보표들이 분분히 공진성 주위로 모여들었다.

"이분들은 내일 우리와 함께 운남성에 가실 분들이다. 미리 얼굴을 익혀둬서 실례를 범하는 일이 없도록 하라."

공진성이 데려온 사람들은 바로 종리무환과 채약란, 임진엽, 공손창, 담진홍 등이었다.

종리무환이 그들을 향해 포권을 취하며 말했다.

"앞으로 오랜 여정을 함께해야 할 터이니 잘 부탁드리겠습니다. 본인은 철기당의 부당주 종리무환이라 합니다. 그리고 이쪽은 함께 동행할 제 일행입니다."

보표들의 시선이 채약란과 나머지 사람들에게 향했다.

제일 먼저 채약란의 아름다운 모습에 시선이 갔다. 하지만 서늘하기 그지없는 그녀의 모습을 본 순간 그들은 알 수 없는 느낌에 전신에 오한이 드는 것을 느꼈다.

얼음처럼 차가운 채약란과 반대로 임진엽 등은 활짝 웃는 얼굴로 인사했다.

"안녕들 하쇼. 우리 잘 지내봅시다. 흐흐!"

초혼엽부 임진엽의 넉살 좋은 한마디에 보표들이 미소를 지었다.

임진엽과 담진홍은 사십 대 중반의 장한이었는데, 얼굴 가득 미소를 짓고 있어 무척이나 친근해 보였다. 그러나 초혼엽부(招魂獵夫)와 낙일철궁(落日鐵弓)이라는 별호로 불릴 만큼 그들은 각자의 영역에서 발군의 역량을 소유하고 있었다.

임진엽은 사냥꾼 출신으로 추적과 잠입에 일가견이 있었고, 담진홍은 활의 명수였다. 특히 담진홍이 등에 멘 거대한 철궁은 곡사와 연사가 뛰어나 강호의 절정고수들도 그들을 매우 꺼린다고 했다. 오죽했으면 그의 별호가 철궁 하나로 해를 떨어뜨린다는 낙일철궁일까.

친근해 보이는 두 사람과 달리 칠교검사(七巧劍士) 공손창의 표정은 얼음장처럼 차가워서 쉽게 접근할 수 없을 것 같았다. 공손창은 채약란과 더불어 철기당의 실질적인 무력을 담당하며 그의 검공은 무척이나 위력적이라고 알려져 있었다.

종리무환은 보표들에게 그들을 일일이 소개했다.

그는 수많은 경험으로 임무의 성패는 일행과 마음이 얼마나 맞는지에 달렸다는 사실을 알고 있었다. 철기당이 제아무리 뛰어나다 해도 결국은 소수에 불과했다.

물량공세에 견디는 장사 없다고, 결국 이런 일은 외부의 인력을 얼마나 유기적으로 다룰 수 있는지가 관건이었다. 겉보기엔 아무런 도움이 되지 않을 수도 있지만, 보표 개개인의 무공이 약하지 않은 만큼 잘만 이용한다면 훌륭한 전력이 될 수 있었다.

다행히도 임진엽과 담진홍은 사교성이 매우 뛰어나 이런 일에 매우 능숙했다. 제아무리 척을 진 이라 할지라도 한 시진만 이야기를 나누면 자신의 편으로 끌어들일 수 있는 인물이 바로 그들이었다.

벌써부터 두 사람은 보표들과 어울려 떠들고 있었다. 이내 분위기가 뜨겁게 달아오르고, 사람들의 관심이 그들에게 집중됐다.

종리무환이 공손창에게 말했다.

"그럼 여기는 세 분께 맡기겠습니다. 저와 채 부당주는 앞으로의 계획을 세우겠습니다."

"그러게나."

공손창이 고개를 끄덕였다.

종리무환은 철기당의 두뇌였다. 당주인 용무성이나 부당주인 채약란을 제외한 다른 이들은 그의 수족이나 마찬가지였다. 그들은 종리무환의 계획에 토를 다는 법이 결코 없었다.

종리무환은 그만큼 뛰어난 인물이었고, 몇 수 앞을 내다볼줄 알았다. 그 덕분에 제아무리 위험한 의뢰를 맡더라도 그들은 항상 무사할 수 있었다.

한편 종리무환의 곁에 서 있던 채약란은 차분한 시선으로 주위를 둘러보았다.

종리무환의 말대로 앞으로 두 달을 함께해야 할 사람들이다. 일단 그들의 얼굴이나 성향을 알아두어야 했다. 그래야만나중에 문제가 생기더라도 발 빠르게 대처할 수 있었다.

문득 그녀의 시선이 보표들의 뒤쪽에 서 있는 어린 소년에게 향했다. 소년은 선망의 시선으로 자신과 임진엽 등을 바라보고 있었다.

'저 어린 소년도 보표인가?'

아직 보표 같은 험한 일을 하기엔 너무 어려 보이는 나이라서 너무 쉽게 눈에 뜨인 것인지도 몰랐다. 소년 뒤에는 젊은 남자가 서 있다. 마치 보호자처럼 어깨에 손을 올리고 있지만, 채약란은 그 이상 주의 깊게 보지 않았다.

그때 공진성이 일행을 보며 말했다.

"여러분께는 따로 별채를 내드리겠습니다."

"공 단주, 귀찮게 우리에게 별채를 내줄 필요 없소. 우리는 여기서 자겠소."

임진엽이 손사래를 쳤다.

"하나……."

"앞으로 두 달이나 함께해야 할 사이잖소. 지금부터 얼굴을 익혀두는 게 좋을 것 같소."

임진엽의 말에 공손창과 담진홍이 고개를 끄덕이며 동의했다.

"알겠습니다. 그럼 세 분은 여기서 주무십시오."

"고맙소, 공 단주."

공진성의 시선이 종리무환과 채약란을 향했다.

"그럼 두 분은?"

"우린 별채에 머물겠습니다. 준비할 것도 있고 의논해야 할 일도 많아서요."

"알겠습니다. 두 분께는 제일 조용한 별채를 내드리겠습니다."

"감사합니다."

인사를 하면서 종리무환이 임진엽을 바라보았다. 임진엽
이 수염 가득한 얼굴로 미소를 지었다. 자신에게 맡겨두라는
표정이다.

종리무환과 채약란이 젊은 보표의 안내를 받으며 걸음을
옮겼다. 그들 뒤로 와자지껄한 웃음소리가 터져 나왔다.

보표들이 벌써부터 임진엽과 담진홍의 분위기에 휩쓸린
것이다. 고수답지 않은 털털한 모습과 파락호 같은 말투에 보
표들은 동질감을 느끼고 있었다.

실제로 임진엽과 담진홍은 허물없는 사이였고, 이름난 고
수답지 않게 격의 없는 태도와 말투로 강호에서 유명했다. 반
면 칠교검사 공손창은 무척이나 과묵했다.

그는 잠시 주위를 둘러보다가 진무원의 앞으로 다가왔다.
그가 진무원 옆의 빈 의자를 가리키며 말했다.

"여기 앉아도 되겠는가?"

"앉으십시오."

"고맙군."

공손창이 빈자리에 앉더니 진무원은 신경 쓰지 않고 검을
손질하기 시작했다. 공손창의 분위기에 질린 보표들은 감히
다가오지 못하고 멀리서 그 모습을 지켜보았다.

길이가 삼 척이 넘는 장검인데 검신은 마치 꼬챙이처럼 얇

기 그지없었다. 얼마나 열심히 손질했는지 반질반질한 검신에서는 소름 끼치는 예기가 흘러나오고 있었다.

진무원의 눈에 흥미롭다는 빛이 떠올랐다.

'들고 있는 건은 쾌검에 적합한 형태인데, 몸 근육은 중검에 적합하게 발달했군.'

공손창의 체형은 삐쩍 말라 보여서 언뜻 쾌검을 쓰는 데 적합해 보였다. 하지만 자세히 살펴보면 여러 가지 모순점이 보였다.

두툼하게 발달한 승모근과 어깨에서 팔꿈치로 이어지는 어린아이 몸통만 한 상박 근육, 호두알처럼 굵은 손가락 마디는 도무지 마른 체형과는 어울리지 않았다.

슥슥!

공손창은 마치 경건한 의식이라도 치르는 듯 하얀 천으로 검을 닦고 또 닦았다.

그사이 임진엽과 담진홍은 보표들과 어울려 떠들고 있었다. 곽문정도 그들의 분위기에 휩쓸려 웃고 있었다.

그때 공진성이 진무원에게 다가왔다.

"다행히 노태태께서 자네가 합류하는 것을 허락하셨네."

"감사합니다."

"상단 후미에 있는 짐마차 하나를 맡아줘야겠네. 말을 돌보고 모는 것쯤은 충분히 할 수 있겠지?"

공짜로 합류할 수는 없다는 뜻으로 최소한의 밥값은 하라
는 말이었다. 공진성의 눈에 비친 진무원은 그저 황철의 이름
모를 조카에 불과했다.

　진무원이 말없이 고개를 끄덕였다.

2장

동행(同行), 같은 길을 가는 사람들

　임진엽과 담진홍은 밤새도록 보표들과 떠들며 술을 마셨
다. 그들은 불과 두 시진 만에 보표들과 완전히 어우러졌다.
보표들은 그들을 완전한 자신의 동료로 인식했다. 무서울 정
도의 친화력이었다.

　반면 진무원은 있는 듯 없는 듯 조용히 지냈다. 몇몇 보표
는 황철의 조카란 말에 반색했지만, 대다수의 보표는 그의 존
재를 그리 크게 신경 쓰지 않았다.

　인심은 덧없고, 대부분의 사람들은 타인의 고통에 무신경
한 법이다. 그 사실을 알기에 진무원은 그들을 무정타 생각하

지 않았다.

진무원은 황철이 사용하던 침상에 앉아 등을 기댔다. 잠은 오지 않았다. 쉽게 올 것 같지도 않았다.

상념이 연쇄적으로 꼬리를 물었다.

처음엔 황철을 걱정했는데 어느새 은한설에 대한 생각으로까지 이어졌다.

'한설.'

그날 이후 은한설은 세상에서 완전히 모습을 감췄다. 마치 처음부터 존재하지 않은 사람처럼.

'밀야는 그날 이후 다시 종적을 감췄다. 내분을 수습한 것인가, 아니면 아직도 진행 중인가?'

무언가 단서가 될 만한 정보라도 있으면 좋으련만 불행하게도 현재 진무원에게는 그 어떤 정보도 존재하지 않았다.

'확실한 것은 운중천에서도 그들에 대한 동향을 파악하지 못했다는 것이다.'

칠 년 전 북천문은 세상에서 완전히 사라졌다. 운중천은 진상 조사에 나섰지만 그 어떤 단서도 발견하지 못했다.

그들은 북천문의 터전에 새로운 지부를 세웠다. 이전처럼 형식적으로 소수의 인원을 파견한 것이 아니라 불타 없어진 북천문 자리에 제대로 된 지부를 세우고 대규모의 병력을 상주시킨 것이다.

그러나 밀야는 세상 어디에서도 모습을 보이지 않았다. 마치 그날의 일이 모두 거짓인 것처럼 말이다. 하지만 일련의 사건으로 인해 운중천이 경각심을 가지게 된 것이 사실이다.

'밀야가 다시 나타난다면 분명 운중천의 정보망에 걸릴 것이다.'

그렇다면 나오는 답은 간단했다.

바로 운중천의 내부 정보를 입수하는 것. 다행히 진무원에겐 운중천 내부에 연결된 끈이 있었다.

'소무상.'

현재 소무상이 어떤 위치에, 어떤 형태로 있는지는 진무원도 알 수 없었다. 지난 칠 년 동안 연락을 할 수 없었기 때문이다. 하지만 소무상의 인내심을 알기에 진무원은 크게 걱정하지 않았다.

'나머지는 시간이 해결해 줄 것이다. 결국 지금 내가 할 수 있는 일은 황숙의 행방을 찾는 것에 집중하는 것뿐이구나.'

진무원은 그렇게 생각을 정리했다.

수많은 문제가 산재해 있다고 절망할 필요는 없었다. 한 번에 한 가지씩 풀다 보면 언젠가는 원하는 결과를 얻을 수 있을 테니까.

관건은 지치지 않는 인내심과 원하는 것을 얻기 위해 끊임없이 파고드는 집요함이었다. 그리고 그것은 모두 진무원이 잘하는 것이었다.

일단 생각을 정리하자 그나마 속이 후련해지는 느낌이다. 진무원은 미소를 지으며 눈을 떴다.

보표들은 아직도 돌아오지 않았다. 임진엽 등과의 술자리가 아직까지 끝나지 않은 모양이다. 그러나 진무원은 외롭다고 생각하지 않았다.

"오히려 한적하니 좋군."

그는 외로움에 익숙했다. 철이 든 이후 늘 혼자여야 했다. 아버지가 돌아가신 이후 그가 외롭지 않은 것은 오직 은한설과 함께했을 때뿐이다.

진무원이 그렇게 외로움을 즐기고 있을 때 누군가 문을 열고 들어왔다. 바로 칠교검사 공손창이었다.

공손창이 주위를 둘러보다가 빈 침상 중 하나에 털썩 주저앉았다. 그의 손에는 예의 꼬챙이 같은 검이 들려 있었다. 그는 손에 든 검을 자신의 목숨보다도 소중히 여기는 듯했다.

다른 사람들은 모르지만 검을 익힌 진무원은 그런 공손창의 마음을 이해할 수 있었다.

검은 검객의 생명이며 분신이다. 어떤 이는 그저 차가운 금속 조각이라고 생각할지 모르지만, 높은 수준까지 검을 익힌 검객은 간혹 검이 살아 있다는 느낌을 받곤 한다. 그래서 잠시도 손에서 검을 놓을 수 없게 된다.

문득 공손창이 진무원을 바라봤다. 정확히는 진무원의 곁에 놓인 설화를 바라보았다.

"검을 익혔는가?"

진무원이 말없이 고개를 끄덕였다. 그러자 공손창의 눈빛이 바뀌었다. 조금은 호의적으로 말이다.

"좋은 선택이군. 세상에 수많은 무기가 존재하지만 검이야말로 진정한 만병지왕이라 할 수 있지. 열심히 익히게나. 그러면 반드시 훌륭한 검객이 될 수 있을 것이네."

"감사… 합니다."

"자네 이름이 무언가?"

"진무원이라고 합니다."

"기억해 두지."

공손창은 진무원을 크게 생각하지 않았다. 그저 수많은 보표 중 한 명이라고 생각할 뿐이었다. 실제로 그가 보기엔 진무원이 대단한 무공을 익힌 것으로 보이지 않았다. 일단 몸에서 내공의 흐름이 거의 느껴지지 않았기 때문이다.

진무원이 익힌 그림자 내공은 일반적인 방법으로는 도저히 감지할 수 없었다. 하지만 아예 내공이 감지되지 않으면 이상하다 생각할 수 있기에 진무원은 일반적인 보표 수준의 내공만 드러내고 있었다. 공손창은 딱 진무원이 보여주는 만큼만 보고 있었다.

공손창은 진무원에게 더 이상 관심 없다는 듯이 벽에 등을 기대고 눈을 감았다. 진무원도 그에게서 신경을 끄고 밖으로 나왔다.

연무장 쪽은 여전히 시끄러웠다. 아직도 술자리가 계속되는 모양이다. 진무원은 반대쪽으로 걸음을 옮겼다.

새벽 이른 시간인데도 불구하고 백룡상단 곳곳에는 횃불이 밤을 밝히고 있었고, 일꾼들이 부지런히 짐을 옮기고 있었다. 백룡상단에는 마치 밤이 존재하지 않는 것 같았다.

진무원이 걷고 있었지만 백룡상단의 누구도 그를 신경 쓰지 않았다. 말이 천하십대상단이지 그 안의 구성원은 수백 명이 훨씬 넘었다. 외지에 나가 있는 사람들과 백룡상단의 영향력 아래 있는 사람들까지 합치면 그 수는 물경 수천을 넘을 것이다.

같은 상단에 속해 있으면서도 서로를 아는 사람보다는 모르는 사람이 훨씬 더 많았다. 사정이 그렇다 보니 중요한 구역이 아니면 모르는 사람 한두 명 정도가 돌아다닌다고 하더라도 크게 신경 쓰지 않는 분위기였다.

문득 진무원이 걸음을 멈췄다. 그의 눈에 묘한 광경이 들어왔기 때문이다.

이곳에 들어올 때 본 스무 대의 마차에 물건이 가득 쌓여 있고, 그 앞에서 웬 남녀가 말다툼을 벌이고 있었다.

"네가 그곳에 왜 간단 말이냐? 그곳이 어딘 줄 알고."

"공 단주님만으로는 중과부적이라는 것을 아시잖아요. 그러니까 제가 가겠다는 거예요."

"어허! 말도 안 되는 소리 하지 말거라. 셋째의 생사도 모르는데 너까지 그곳에 보낼 수는 없다."

"오라버니가 무슨 소리를 하더라도 상관없어요. 전 이미 마음을 굳혔으니까요."

"네가 정녕……."

인상을 쓰는 남자는 바로 백룡상단의 단주인 윤후명이었다. 그리고 그에게 대드는 여인의 이름은 윤서인, 바로 윤후명의 막냇동생이다.

윤서인은 운남성에서 실종된 윤자명과 무척이나 친하게 지냈다. 막내라서 사랑을 많이 받기도 했거니와 유달리 말이 잘 통했기 때문이다.

"오라버니, 전 공동파(崆峒派)에서 무공을 배웠어요. 제 몸 하나 정도는 충분히 지킬 수 있어요."

"도대체 네가 왜 그런 위험을 감수해야 한단 말이냐?"

"가족이잖아요."

윤서인의 단호한 대답에 윤후명이 순간적으로 할 말을 잃었다.

윤후명을 바라보는 윤서인의 눈동자는 한 치의 흔들림도

없었다. 그 모습에 윤후명이 나직이 한숨을 내쉬었다.

유달리 총명하면서 재능이 넘쳐나는 동생이다. 그 때문에 감숙성의 명문인 공동파의 도장 눈에 띄었고, 결국 본산에까지 들어가 무공을 수련하게 되었다.

비록 칠소천에는 비할 수 없지만 공동파에서는 나름 촉망받는 기재로 인정받아 현천신장(玄天神掌)과 복마검(伏魔劍) 같은 진신절학을 전수받았다. 그 때문에 윤서인의 자신감은 최고조에 달한 상태였다.

촤앙!

윤서인이 갑자기 허리에서 연검을 꺼내 들었다. 뱀처럼 흐느적거리던 연검이 윤서인이 내공을 주입하자 꼿꼿이 일어섰다.

연검을 따라 서늘한 예기가 흐르고 있다. 무공을 잘 모르는 윤후명도 느낄 수 있을 만큼 강렬한 기운이다.

"이래도 제가 자격이 없다고 할 건가요? 제 한 몸 정도는 충분히 지킬 수 있어요."

골칫덩이도 이런 골칫덩이가 없다. 머리가 다 지끈지끈 아파왔다.

"오냐, 알았다."

결국 윤후명이 항복 선언을 했다. 하지만 단서를 달았다.

"단 패권회까지만 가는 거다. 거기서 철기당과 공 단주가 셋째를 구해오기를 기다리고 있거라. 그리고 혹시 위험하다 싶으면 즉각 물러나라. 나와 약속할 수 있겠느냐?'

순간 윤서인이 활짝 웃으며 고개를 끄덕였다.

"걱정하지 마세요. 약속드릴게요."

'어찌 걱정이 되지 않겠냐, 이 화상아.'

윤후명이 한숨을 내쉬었다. 노태태에게 어찌 말해야 할지 벌써부터 걱정이다. 그런 윤후명의 마음도 모르고 윤서인은 눈부신 미소를 보여주고 있었다.

"그럼 전 준비하고 나올게요."

목적을 모두 이룬 윤서인이 발걸음도 가볍게 자신의 거처로 향했다. 문득 그녀가 진무원 앞에 멈춰 서서 그를 빤히 바라보았다. 그녀와 시선이 마주친 진무원이 잠시 주위를 둘러보다가 자신이 길을 막고 있음을 깨달았다.

"아!"

진무원이 한 걸음 옆으로 비켜서자 윤서인이 위풍도 당당하게 발걸음을 옮겼다. 진무원은 멀어지는 윤서인의 뒷모습을 물끄러미 바라보았다.

'저 아가씨도 동행하는 건가?'

왠지 여정이 순탄치 않을 것 같다는 느낌이 들었다.

* * *

노태태와 윤후명이 지켜보는 가운데 스무 대의 마차가 백룡상단을 떠났다. 보표와 철기당의 무인들까지 합하면 물경 오십 명이 넘는 대규모 인원이다.

보통 이런 대규모 인원이 움직일 때는 잡일을 봐주는 일꾼들까지 동행하게 마련이었다. 하지만 임무의 위험성과 워낙 먼 장거리 원정이라는 것을 감안해서 그들은 모두 배제되고 무공을 익힌 무인들로만 구성됐다.

'부디 무사히 돌아오길.'

노태태는 그들의 무사 귀환을 간절히 기원했다. 그리고 행방을 알 수 없는 윤자명이 그들과 함께 돌아오길 바랐다.

그녀는 염원을 담아 백룡상단의 정문을 나서는 마차와 사람들을 하나하나 눈에 담았다.

먼저 공진성과 보표들이 그녀에게 눈인사를 해왔다. 종리무환과 채약란의 얼굴도 뇌리에 각인시켜 두었다.

임진엽과 공손창, 담진홍도 그녀에게 인사를 해왔다. 밤을 지새워 술을 마셨음에도 그들의 얼굴에는 전혀 취기가 존재하지 않았다. 노태태는 미소로 그들의 인사를 받았다.

"휴!"

그녀의 입술을 비집고 한숨이 흘러나왔다. 중간에 있는 마차에 타고 있는 막내딸 윤서인이 보였기 때문이다. 윤후명이 그랬듯 그녀 역시 윤서인의 고집을 꺾지 못한 것이다.

[다녀올게요.]

윤서인의 목소리가 나지막하게 귓전에 울려 퍼졌다. 전음을 보내온 것이다.

그리고 맨 마지막 마차가 그녀의 앞을 지나갔다. 순간 그녀의 눈에 이채가 떠올랐다. 마차를 몰고 있는 낯선 청년 때문이다.

'저 아이가 황 보표의 조카인가?'

괜히 미안한 마음이 들었다. 황철을 사지로 보낸 것도 모자라 그의 조카마저 돌아올 수 없는 길로 보내는 것이 아닌가 싶은 생각인 든 것이다.

문득 진무원과 그녀의 시선이 허공에서 마주쳤다.

진무원의 깊고 유현한 눈동자를 보는 순간 노태태의 눈동자가 흔들렸다.

'음!'

아무것도 읽을 수가 없었다.

상인으로 평생을 살아온 노태태이다. 수많은 이를 만나왔고, 그들 중에는 인걸이라 할 만한 자도 다수 있었고 세상을 호령하는 자도 있었다. 희대의 사기꾼도 만나봤고, 세상을 떠들썩하게 한 마인도 만나봤다.

그러다 보니 사람을 보는 눈이 생겼다.

사람의 얼굴이란 정말 신기해서 비슷한 인생의 행로를 걷는 자들끼린 닮게 마련이었고, 그래서 얼굴을 보면 그 사람의 향후 인생 여정을 자연스럽게 유추해 낼 수 있었다.

사람이 얼굴에서 미래가 보이는 것이다. 가장 최근에 만나 본 종리무환이나 채약란 역시 대단한 인재였지만, 노태태는 그들의 얼굴에서 훗날을 어렵지 않게 예측할 수 있었다.

그러나 지금 본 진무원의 얼굴에서는 그 어떤 미래도 엿볼 수 없었다. 옅은 미소를 짓고 있지만 마치 뿌연 안개가 낀 것처럼 모든 것이 희미했다.

이런 경우는 난생처음이다. 그래서 더 당황스러웠다.

노태태가 자신도 모르게 진무원을 부르려 했다.

"저……."

"왜 그러십니까, 어머님?"

옆에 있던 윤후명이 이상하다는 듯이 노태태를 바라봤다. 그 사이 진무원을 태운 마차는 벌써 백룡상단의 정문을 지나 멀어지고 있었다.

"아무리 조급했어도 한 번쯤 만나봐야 할 사람인데 내가 큰 실수를 했구나."

노태태가 탄식을 터뜨렸다.

저런 사람이 평범할 리 없었다. 설령 평범하다 하더라도 직접 얼굴을 마주 보고 대화를 해야 했다. 그랬다면 그가 어떤 사람인지 어느 정도는 읽을 수 있었을 테니까.

자식에 대한 걱정은 노태태의 판단력을 흐리게 했고, 결과적으로 결코 지나쳐서는 안 될 변수를 넘겨 버리고 말았다. 이것이 차후 어떤 결과로 돌아올지 노태태는 감히 예측할 수 없었다.

"이젠 정말 일선에서 물러서야 할 때가 된 것인지도 모르겠구나."

상인이라면 어떤 상황에서도 냉정함을 잃지 않아야 된다. 설령 그것이 자신의 혈육이 관계된 일일지라도.

그녀의 얼굴에 짙은 그늘이 드리워졌다.

"어머님."

영문을 모르는 윤후명이 노태태를 이상하다는 듯이 바라봤다.

백룡상단을 나선 일행은 무척 빠른 속도로 움직였다. 빨라도 한 달 반, 늦어지면 두 달이나 걸리는 엄청난 여정이었다. 서두르지 않으면 일정이 한없이 늘어질 수 있었다. 초반에 속도를 높여야 했다.

다그닥 다그닥!

바닥의 진동이 바퀴를 타고 마부석에 걸치고 있는 엉덩이로 그대로 전해져 왔다. 익숙지 않은 느낌에 불편할 만도 하건만 진무원은 전혀 그런 기색 없이 주위를 둘러보고 있었다.

스무 대의 마차와 오십 명이 넘는 대인원의 행렬에 사람들의 시선이 집중됐다. 아무리 난주가 교역의 중심이라시만 이 정도로 대규모 인원이 움직이는 것은 결코 흔한 일이 아니었다.

사람들의 시선이 자신을 향하는 것도 아닐진대 진무원은 얼굴이 간지럽다고 느꼈다. 진무원은 피풍의에 달린 모자를 푹 눌러썼다. 그러자 한결 마음이 편해졌다.

"형도 부끄러움을 타는 모양이네요."

진무원의 옆으로 말을 탄 곽문정이 다가왔다.

아직 경험이 일천한 곽문정은 일행의 후미에 배치되어 있었다. 후미에서 마차는 이상이 없는지, 혹시 따라오는 자는 없는지 살피는 게 그의 임무였다.

"속은 괜찮으냐?"

"하하! 끄떡없어요."

곽문정이 자신의 가슴을 탕탕 치며 호기롭게 말했다.

그 역시 임진엽 등과 어울려 밤새 술을 마셨다. 그런데도 취기가 전혀 보이지 않는 것이 술이 무척이나 센 듯했다.

임진엽과 담진홍은 절정의 고수답지 않게 격의 없이 보표들을 대했다. 곽문정은 그들이 늘어놓는 무용담에 흠뻑 빠져 시간이 가는 줄도 모르고 밤을 꼴딱 지새웠다.

강호의 마두들이라는 철심삼괴(鐵心三怪)와 싸운 일이라든가, 여인을 겁탈하려던 음적(淫敵)을 단호히 처단하던 순간을 이야기할 때는 마치 자신이 주인공인 것처럼 두 주먹을 꽉 쥐기도 했다.

그들은 곽문정이 무공을 열심히 연마하면 언젠가 자신들처럼 강호의 협객이 될 수 있다고 격려해 줬다. 그들의 이야기에 곽문정이 품은 웅지는 점점 커져만 갔다.

진무원은 곽문정이 평소보다 들떠 있다는 것을 눈치챘다. 진무원은 그에게 무어라 말을 할까 하다가 참았다.

곽문정은 아직 어렸다. 이성보다는 감성이 앞서고, 가슴속에서 들끓어 오르는 혈기가 냉철한 판단을 할 수 없게 만드는 질풍노도의 시기를 보내고 있다.

지금 진무원이 어떤 이야기를 해봤자 곽문정의 귀에는 들어오지 않을 것이다. 차라리 지금 이대로 지켜보는 것이 훨씬 나을 수도 있다는 생각이 들었다.

임진엽과 담진홍, 공손창은 선두에서 말을 탄 채 앞서 나가고 있어 진무원이 있는 뒤쪽에서는 전혀 보이지가 않았다.

아마 운남에 도착할 때까지 쭉 이런 식으로 갈 것 같았다. 진무원은 누구에게도 주목받지 않는 지금의 자리가 딱 마음에 들었다.

북천문에 있을 때 그는 감시의 대상이었다. 하루 열두 시진, 일거수일투족을 감시받는 일이 대부분이었고, 무공도 그들의 눈을 피해 익혀야 했다.

반면 지금 그는 행렬의 마지막 마차를 몰기에 누구의 시선도 신경 쓸 필요가 없었다. 사람들의 시선은 대부분은 전방으로 향하게 마련이고, 후미에는 그다지 신경을 쓰지 않기 때문이다.

곽문정도 진무원의 옆에서 몇 마디 떠들다가는 조금 더 앞쪽으로 달려갔다. 덕분에 진무원은 혼자서 호젓하게 주변 풍경을 즐길 수가 있었다.

난주를 벗어나자 풍경이 일변했다. 민가는 보이지 않고 저멀리 높다란 산들의 파도가 눈에 들어왔다. 그 사이로 끝없이 이어진 좁은 관도를 백룡상단의 행렬이 지나갔다.

진무원은 눈을 감았다. 그래도 주변의 움직임을 생생하게 느낄 수 있었다. 전방위 감각 덕분이었다.

혼마 태무강과의 싸움에서 일깨운 전방위 감각은 여러모로 편리했다. 눈을 감고 있어도 오감을 통해 전해져 오는 모든 정보가 하나로 취합되어 입체적인 그림으로 뇌리에서 구현되었다.

그 덕분에 진무원은 눈을 감고도 마차를 몰 수 있었다. 그리고 마차를 몰면서도 만영결에 몰두할 수 있었다. 의식의 외부와 내부를 분리한 것이다.

만영결에 몰입하는 그 순간 진무원은 완벽한 자신만의 심상을 구현하게 된다. 그것은 오직 정적과 어둠만이 존재하는 진무원만의 세계였다.

그곳에서 진무원은 편안함을 느꼈다. 어미의 뱃속에 웅크린 아이처럼, 창공을 활강하는 새처럼.

진무원이 만영결에 몰두한 그 순간부터 그림자 내공이 움직였다. 다른 사람은 느낄 수도, 만질 수도 없지만 진무원은 달랐다. 그는 그림자 내공의 존재를 느끼고 움직일 수 있었다.

기해혈의 이면에 존재하던 그림자 내공은 소리도 기척도 없이 진무원의 전신으로 퍼져 나갔다. 그러자 이제까지 잠자코 있던 설화가 칭얼거리기 시작했다.

우웅!

심신을 유혹하는 아찔한 울림에 잠시 진무원이 미간을 찌푸렸다. 하지만 이내 다시 평정심을 찾고 만영결에 몰두하기 시작했다.

진무원은 시간의 흐름도, 풍경의 변화도 잊었다. 보이는 것은 오직 내면으로 깊이 침잠해 들어가는 자신뿐.

그 속에서 진무원은 무한한 자유를 느꼈다. 그곳은 그의 세상이었고, 그가 창조주였다. 현실과 나눠진 무의식의 세계에서 진무원은 조금씩 성장하고 있었다.

그렇게 얼마나 시간이 흘렀을까?

그의 전방위 감각에 외부의 소란이 느껴졌다. 분리되었던 의식과 무의식이 다시 합쳐지면서 진무원이 눈을 떴다.

공진성이 관도 옆에 있는 큰 공터를 가리키며 소리치고 있었다.

"오늘은 늦었으니 이곳에서 노숙을 하겠다! 서둘러 준비하도록!"

'벌써 시간이 이렇게 흘렀나?'

그림자가 길게 드리워진 것이 조금 있으면 해가 질 것 같았다.

공진성의 결정에 보표들은 마차에서 말을 분리해 한쪽에 모았다. 그 후 스무 대의 마차를 둥글게 연결했다. 마차로 벽을 만든 것이다. 일단의 보표들이 외곽에서 경계를 서는 동안 다른 보표들은 마차로 만든 벽 안에서 불을 피우고 음식을 만들기 시작했다.

일사불란한 그들의 모습에 진무원은 감탄을 금치 못했다. 아무래도 오랫동안 같이한 사이다 보니 그들은 이런 일에 무척이나 익숙한 것 같았다. 누구 한 명 헛되이 움직이는 사람 없이 그들은 각자의 역할에 충실했다.

진무원뿐만 아니라 철기당의 무인들도 그 모습에 감탄을 금치 못하고 있었다.

그때 나이 든 보표 중 한 명이 진무원에게 다가왔다.

"자네도 우두커니 있지 말고 무슨 일이라도 해야지?"

"아? 예!"

진무원은 보표에게 끌려 모닥불 앞에 앉았다. 그곳에선 곽문정을 비롯한 젊은 보표들이 음식을 준비하고 있었다.

*　　*　　*

진무원은 큰 솥에 화과를 가득 끓여 내놨다.

"이거 끝내주는데?"

"후아!"

화과를 맛본 보표들이 땀을 뻘뻘 흘리면서 감탄했다. 처음엔 몇 명만이 맛보는 정도였는데, 나중에는 근처에 있던 보표들이 전부 달려들어 순식간에 동이 났다. 그들은 진무원의 솜씨를 앞다퉈 칭찬했다.

"이거 자네한테 미안하구만. 정작 자네는 제대로 먹지도 못했잖은가."

"괜찮습니다. 만들면서 많이 먹었습니다."

"괜찮다면 앞으로 음식은 자네가 해주게. 다른 놈들이 만든 건 영 맛이 없어서 말이야. 허허!"

나이 든 보표가 넉살좋게 말하자 옆에 있던 보표들이 한두

마디씩 떠들었다.

진무원은 말없이 고개를 끄덕였다.

좋으나 싫으나 두 달여를 함께해야 할 사이다. 애써 가까워
질 필요도 없지만 굳이 멀리할 이유도 없었다.

빈 그릇을 치우는 것은 젊은 보표들 몫이었다. 그들은 근처
개울가에서 순식간에 설거지를 마쳤다.

진무원은 설화를 품에 안고 마차 바퀴에 등을 기댄 채 하늘
을 올려다봤다. 눈부신 별들의 바다가 쏟아질 듯 일렁이고 있
다. 진무원은 신비로운 광경을 말없이 바라보았다.

그때 누군가 그 앞으로 다가왔다.

"음식 솜씨가 훌륭한 모양이에요. 다들 소협 이야기를 하
네요."

나직하면서도 그윽한 목소리에 진무원이 고개를 돌렸다.
그러자 설표 가죽으로 만든 옷을 입은 아름다운 여인이 보였
다. 그녀의 목에서 가슴으로 이어지는 흉터가 유난히 눈에 들
어왔다.

그녀가 진무원을 바라보고 있다.

"곁에 앉아도 될까요?"

진무원이 말없이 고개를 끄덕였다. 출발하기 전에 공진성
이 소개해 준 사실이 기억났다.

'철기당의 부당주 채약란이라고 했던가?'

그녀가 바닥에 앉으며 자신을 소개했다.

"채약란이라고 해요."

"진무원이라고 합니다."

"반가워요, 진 소협."

진무원이 의아한 표정으로 채약란을 바라봤다. 채약란이 자신에게 관심을 둘 이유가 없기 때문이다.

백룡상단에서는 철기당의 무인들을 극진하게 대했다. 가장 좋은 말을 내준 것도 모자라 따로 전담 보표를 두어 그들의 수발을 들게 할 정도였다.

저녁에도 그들을 위해 따로 요리가 만들어졌다. 숙수 출신의 보표가 특별히 그들을 위해 만든 것이다. 당연히 음식의 질과 맛이 일반 보표들이 먹는 것과 큰 차이가 날 수밖에 없었다.

채약란은 그렇게 특별대우를 받는 이들 중 한 명이었다. 현재로써는 일개 보표만도 못한 진무원에게 관심을 둘 이유가 없는 사람이었다.

진무원의 표정을 읽었는지 채약란이 담담히 말했다.

"다음엔 저도 진 소협이 만든 화과를 먹고 싶군요."

"채 소저 같은 분이 드실 만큼 대단한 음식은 아닙니다."

"내가 제일 좋아하는 음식이 그런 음식이에요. 간편하게 먹을 수 있으면서 영양소를 골고루 섭취할 수 있는. 그런데

진 소협이 만든 화과가 그렇더군요."

보표들은 알지 못했지만 채약란은 타고난 무광(武狂)이었다. 철기당에서도 그녀는 잠자는 시간까지 쪼개서 무공을 익히는 것으로 유명했다. 잠자는 시간은 물론이고 음식을 먹는 시간마저 아까워했다.

결국 채약란이 진무원을 찾아온 것도 그가 만든 화과가 가장 간편히 먹을 수 있으면서도 충분한 영양소를 섭취할 수 있을 거란 계산 때문이었다.

"조금 더 만들어야겠군요."

"고마워요. 보표 일을 하느라 힘들 텐데 이런 부탁까지 해서."

"보표가 아닙니다."

"네?"

"사정이 있어서 운남까지 동행하는 것일 뿐 보표는 아닙니다."

"아!"

처음으로 채약란의 표정이 변했다.

다른 보표들과 크게 달라 보이지 않아 편하게 대했는데 보표가 아니라니 당황한 것이다.

진무원은 그 모습이 꽤나 재밌다고 생각했다.

"공짜로 가는 것이 아니라서 어차피 무슨 일이라도 해야 합니다. 화과 한 그릇 더 만드는 일은 일도 아니니까 부담 없이 드십시오."

"미… 안해요. 전 그만 보표인 줄 알고……."

"미안해하실 거 없습니다. 누구나 그렇게 생각할 테니까."

진무원이 미소를 지었다. 채약란이 그런 진무원의 얼굴을 잠시 뚫어지게 바라보았다.

"진 소협은 꽤 특이한 사람이군요."

"제가 말인가요?"

진무원이 의아한 표정을 지었다. 영문을 알 수 없기 때문이다. 그러나 채약란이 보기엔 이상한 사람이 맞았다.

채약란이 속해 있는 철기당은 강호에서 매우 유명한 단체였다. 비록 소수로 이뤄져 있지만 꽤나 많은 무인이 그들을 선망하고 있었다.

그중에서도 채약란은 유일한 여성 무인이다 보니 특히 사람들의 관심을 많이 받았다. 제아무리 강호에 관심이 없는 사람일지라도 채약란을 대면하게 되면 눈빛부터가 달라졌다.

그러나 진무원은 달랐다. 채약란이 옆에 앉아 있는데도 별반 관심을 보이지 않을뿐더러 그녀의 미모에도 큰 감흥이 없는 것 같았다.

채약란이 진무원을 찬찬히 살펴보았다.

진무원에게서 느껴지는 내공은 다른 보표들 수준 정도였

다. 무공을 익혔으되 높은 경지까지 익힌 것은 아니란 뜻이
다. 단지 다른 이들과 구별되는 것이 있다면 눈빛이었다.

유달리 검은 눈동자는 속내를 읽을 수 없을 만큼 유현했다.
마치 깊이를 알 수 없는 심해를 들여다보고 있는 듯한 느낌에
채약란이 잠시 흠칫했다.

'이 남자?

"누님."

그 순간 옆에서 들려온 한줄기 목소리. 고개를 돌리자 종리
무환이 어느새 다가와 있다.

"여기서 뭐 하십니까?"

"응? 아, 그냥……."

"의논해야 할 일이 많습니다. 당주님과 합류하기 전에 준
비해야 할 것도 많구요. 여기서 노닥거리고 있으면 곤란합니
다."

종리무환의 말에 채약란이 한숨을 내쉬었다.

남들은 일보일계라 해서 경외시하지만 채약란에겐 그저
말 많은 잔소리꾼 동생에 불과했다. 하지만 그 말을 듣지 않
을 수도 없는 것이 채약란의 입장이었다.

채약란이 엉덩이를 툭툭 털고 자리에서 일어났다.

"그럼 내일 화과 좀 부탁할게요."

그녀가 진무원에게 싱긋 미소를 지어 보였다. 그 모습에 종

리무환이 놀란 표정을 지었다.

그가 아는 채약란은 결코 누군가에게 이런 말을 하는 사람이 아니기 때문이다. 겉모습은 무척 아름다워 보이지만 기실 그녀는 누구보다 승부욕이 강했고 결코 누군가에게 쉽게 미소를 보이는 사람이 아니었다.

"흠!"

종리무환이 의미심장한 표정으로 진무원을 바라봤다.

"그 화과, 저도 맛보고 싶군요."

진무원이 미간을 찌푸리며 종리무환을 올려다봤다. 그러자 종리무환이 미소를 활짝 지어 보였다.

"부탁드리겠습니다."

그는 고개를 숙여 보이고는 채약란을 따라 발걸음을 옮겼다.

진무원은 물끄러미 그 모습을 바라보았다. 왠지 머리가 아파왔다.

황야의 밤은 도성보다 일찍 찾아왔다. 모닥불을 피우고 있어도 불빛이 밝힐 수 있는 범위는 극히 제한적이고 나머지는 오직 칠흑 같은 어둠뿐이었다.

늑대나 도적이 습격해 오기 최적의 환경이다. 그 때문에 보표들은 돌아가면서 번을 서야 했다.

늦은 시간에도 종리무환은 철기당의 무인들을 한자리에 모아 무언가를 의논하고 있었다. 운남성에 들어간 후의 일을 상의하는 것이다.

주로 종리무환이 이야기를 하고 채약란이나 다른 사람은 듣는 편이었다. 간혹 임진엽이 반론을 제기하기도 했지만 결국 종리무환의 논리정연한 말에 본전도 못 찾고 어깨를 움츠리는 모습이 보였다.

"하하하!"

그들 사이에서 웃음이 터져 나왔다.

삼삼오오 모여서 불을 쬐고 있는 보표들도 자기들끼리 이야기꽃을 피우고 있었다.

그때 곽문정이 양어깨를 손으로 문지르며 진무원에게 다가왔다.

"아, 춥다."

"교대를 한 것이냐?"

"예, 이제부터 출발할 때까지 쉴 수 있어요."

아직 어리다 해도 곽문정 역시 보표였다. 원행에 나선 이상 남들과 똑같이 번을 서야 했다. 그래야만 보표로 동등한 대우를 받을 수 있었다.

곽문정은 당당한 보표로 성장해 가고 있었다. 그런 곽문정의 모습에서 진무원은 자신의 과거를 떠올렸다.

경우는 다르지만 그 역시 어려서부터 홀로 일어나려 노력
해 왔다. 자신이 어린아이라는 생각은 단 한 번도 한 적이 없
다. 그러한 인식이 지금의 진무원을 만들었다.

잠시 눈을 붙일 만도 하건만 곽문정은 가부좌를 틀고 앉았
다.

"운공을 하려느냐?"

"예."

곽문정의 대답에 진무원이 의외라는 표정을 지었다. 몇몇
특별한 심공을 빼면 운공은 타인의 방해를 받지 않는 조용한
곳에서 하는 게 상식이다.

아무리 조용하더라도 이곳은 운공하기 적당한 곳이 아니
었다. 곽문정도 그 사실을 모르지 않을 텐데 굳이 이곳에서
운공을 하려는 이유가 궁금해졌다.

"왜 조용한 곳에서 운공하지 않고? 이런 곳에서는 집중이
되지 않을 텐데."

마음의 평정심이 깨지면 주화입마를 당할 수도 있다. 그래
서 대부분의 무인은 운공을 할 때면 호법을 세우거나 조용한
곳을 찾게 마련이다.

그러나 돌아온 곽문정의 대답은 뜻밖의 것이었다.

"황 아저씨가 그랬어요. 제게 가르쳐 준 심법은 이런 곳에
서 익혀도 상관없다고."

"황숙이?"

진무원의 눈이 빛났다.

"심법의 이름이 무엇이더냐?"

"삼원심법이라고 했어요. 나중에 이 심법이 저를 고수의 길로 인도해 줄 거라고 했어요."

"삼원심법?"

진무원의 눈동자가 흔들렸다. 그가 하늘을 올려다봤다.

'황숙……'

        *   *   *

삼원심법(三元心法)은 본래 청양검문(靑洋劍門)이라는 중소 문파의 독문 심법이었다. 청양검문은 산서의 항산(恒山)에서 태동한 도가 계열의 문파로 장중하면서도 웅혼한 무공으로 유명했다.

그러나 대부분의 도가 계열의 무공이 그렇듯 청양검문의 무공도 일정 이상의 경지에 오르기가 매우 힘들었다. 거기에 독문 내공 심법이라 할 수 있는 삼원심법은 내공 쌓기가 더더욱 힘들었다.

사정이 그렇다 보니 무공을 배우려는 젊은이들은 청양검문에 들어가길 꺼렸고, 결국 몰락의 길로 접어들었다.

그러나 삼원심법에는 남들이 모르는 몇 가지 장점이 존재했다. 첫 번째는 심법 자체가 어렵지 않아서 머리가 둔한 사람도 쉽게 익힐 수 있다는 점이다. 삼원심법에 필요한 것은 총명함보다는 쉽게 지치지 않는 인내심이었다.

누구나 인내심만 있다면 삼원심법을 익힐 수 있지만, 대부분의 총명한 사람은 삼원심법을 익히려 하지 않았다. 그들은 조금 더 어렵더라도 빠르게 익힐 수 있는 심법을 선호했다.

두 번째는 심법 자체가 안정적이었다. 삼원심법은 마치 화강암 위에 세워진 전각처럼 굳건하고 쉽게 흔들리지 않는 성질을 가지고 있었다.

일단 어느 경지까지 익히기만 하면 그 후부터는 내공이 무척 빠른 속도로 쌓였다. 삼원심법으로 쌓은 내공은 무척이나 밀도가 높아 일반적인 심법으로 쌓은 내공보다 무거운 성질을 가졌다.

그렇게 만들어진 내공은 중검(重劍)을 익히기에 무척 적합했다. 내공과 검의 상성이 딱 맞는 것이다.

세 번째는 삼원심법이 바로 항마력을 지닌다는 것이다. 마공(魔功)이나 사공(邪功)에 홀리지 않을 굳건한 정신력을 키워주었다.

그렇게 세 가지가 으뜸이라 해서 붙여진 이름이 바로 삼원심법이었다. 하지만 사람들은 그 세 가지를 그리 크게 쳐주지 않았고, 결국 삼원심법은 사장되기에 이르렀다.

청양검문이 몰락한 이후 삼원심법은 북천문으로 흘러들었다. 하지만 북천문 안에서도 삼원심법을 익히려는 이는 존재하지 않았다.

하루하루가 전쟁 같은 상황이고 목숨이 오가는 위기가 중첩되는데 먼 훗날을 바라보고 성취가 더딘 내공 심법을 익힐 이유가 없는 것이다.

그 이후로 삼원심법은 무고 한쪽에 처박힌 채 먼지를 뒤집어쓰며 사람들의 뇌리에서 잊혀갔다. 그런 삼원심법을 다시 세상에 끄집어낸 이가 바로 진무원의 아비인 진관호였다.

진관호가 삼원심법을 익힐 이유가 없었다. 그는 둔재인 황철을 위해 삼원심법을 꺼냈고, 그의 체질에 적합하게 다듬었다. 장점은 극대화시키고 단점은 잘라내서 나름 완성된 형태로 만들어낸 것이다.

황철은 전심전력으로 삼원심법을 익혔다. 성취가 느리다고 진관호를 원망하지도 않았다. 그저 하루하루에 감사하며 삼원심법을 익혔고, 그 결과 자신의 앞을 가로막고 있던 벽을 허물 수 있었다.

언젠가 황철은 그랬다.

"삼원심법은 천재들한테 어울리지 않아요. 저같이 둔한 놈한테 어울리죠. 저 같은 놈이 세상에 또 어디 있을까요? 허허!"

그래서 삼원심법은 혼자만 알고 가겠다고 했다. 남들한테 가르치기도 부끄럽다면서.

언젠가 삼원심법을 누군가에게 가르친다면 바로 자신 같은 사람일 거라고, 자신처럼 재능이 없으면서도 결코 희망의 끈을 놓지 않는 그런 사람.

'황숙은 이 아이에게서 자신의 모습을 본 것인가? 그래서……'

곽문정을 향한 황철의 마음이 고스란히 느껴졌다. 곽문정은 또 다른 황철이었다. 그래서 황철이 그토록 애정을 쏟아부은 것인지도 몰랐다.

"휴!"

진무원이 나직이 한숨을 내쉬며 운공을 하고 있는 곽문정을 바라보았다. 모닥불을 앞에 두고 곽문정은 전심전력으로 운공을 하고 있었다.

소의 걸음으로 천 리를 가는 삼원심법. 하지만 그 천 리를 가는 길이 너무나 고통스러워 대부분의 사람은 감히 시작할 엄두도 내지 못한다. 그 어려운 길을 곽문정은 걸어가고 있는 것이다.

"포기하지 않는다면 너는 분명 그렇게 원하는 진정한 무인이 될 수 있을 것이다."

진무원은 진심으로 곽문정이 포기하지 않길 바랐다. 그것
이 황철이 원하는 바이기도 하니까.

진무원은 오래도록 곽문정이 운공하는 모습을 지켜보았
다.

마치 그를 지켜주기라도 하듯이.

다음 날 아침, 일행은 일찍 짐을 챙겨 야영지를 떠났다. 그
들이 떠난 자리에는 밤새 피운 모닥불의 흔적만이 남아 있을
뿐이다.

노숙을 했음에도 일행의 얼굴엔 피곤한 기색이 거의 없었
다. 이제 원행 초반이기도 할뿐더러 개개인이 내공을 익힌 무
인들이기 때문이다. 가벼운 피로 정도는 운공 한 번으로 해소
할 수 있는 능력을 가지고 있는 것이다.

진무원도 마찬가지였다. 노숙을 했지만 몸이 불편하거나
찌뿌드드한 곳이 하나도 없었다. 적암산에서 칠 년을 보낸 그
였다. 이런 노숙 정도는 그에겐 아무것도 아니었다.

오히려 힘든 것은 아무것도 하는 일 없이 하루 종일 마차를
모는 것이었다. 주변 경계야 보표들이 알아서 했고, 그는 앞
서 가는 마차들의 속도에 맞춰 말을 몰기만 했다.

그나마 진무원은 상황이 좀 나았다. 전방위 감각을 펼친 채

만영결을 익히고 있으면 시간이 잘 흘러갔으니까. 그러나 다른 보표들은 달랐다. 제아무리 원행에 단련이 된 보표들이라지만, 지루함을 견디기가 힘든지 간혹 대열을 흐트러뜨리곤 했다.

그럴 때면 공진성이 나섰다. 이런 대규모 원행에서 규율이나 대열이 흔들리면 예상치 못한 사고가 날 확률이 높기 때문이다.

진무원은 그 모습을 흥미로운 시선으로 바라보았다.

보표(保票)는 일반적인 무인이 아니었다.

일반적으로 대방파에 소속된 무인은 돈을 받고 타인이나 물건을 지키는 것을 수치스럽게 생각한다. 그들에게 최고의 가치는 문파와 자신의 명예이기 때문이다. 그래서 그들은 보표를 평가절하하기 일쑤였다.

구대문파나 오대세가 같은 대방파는 워낙 경제적인 기반이 탄탄한 까닭에 굳이 힘들게 일할 필요가 없지만, 그에 속하지 않은 무인들은 당장 먹고사는 것을 걱정해야 하는 것이 현실이었다.

중소 문파가 악착같이 각종 이권에 개입하는 것 역시 경제적인 기반이 마련돼야만 문파의 명맥을 잇거나 영향력을 확장해 나갈 수 있기 때문이다.

하지만 그렇게 대방파나 문파에 소속된 무인이 얼마나 될까? 강호 전체를 통틀어도 극히 일부분에 불과했다. 주류에 속하지 못한 대부분의 무인은 스스로 호구지책을 강구할 수밖에 없었다.

그런 무인들이 가장 신호하는 식업이 바로 상단에 소속된 보표나 표국에 소속된 표사였다. 매달 안정적인 봉급을 받을 수 있을뿐더러 혜택도 만만치 않기 때문이다.

그들은 명예나 정의를 위해 검을 들지 않는다. 오직 자신이 보호해야 하는 사람과 물건을 위해서 검을 든다.

정의나 가치관에 기치를 든 무인이 아니라 생활인으로서의 무인이 바로 보표였다. 그들은 돈을 벌기 위해 검을 들고 싸웠다. 그것이 그들이 존재하는 이유였다.

그들의 모습은 진무원에게 많은 생각을 하게 만들었다.

'앞으로 어떻게 살아야 하는가?'

지금은 오직 황철과 은한설을 찾는 일에만 온 신경을 몰두하고 있지만, 그들을 찾은 후에는 어떡해야 하는가?

진무원의 근원은 북천문이다.

절대 열세의 상황에서도 밀야를 당당히 막아낸 자부심이 아직 그의 핏속에서 꿈틀거렸다. 자신의 근본은 쉽게 잊을 수 있는 것도, 버릴 수 있는 종류의 것도 아니었다.

그렇다면 운중천을 상대로 복수를 해야 하는 것인가, 아니면 그냥 이대로 처음부터 존재하지 않던 사람처럼 그렇게 지내야 하는 것인가?

진무원에겐 중요한 문제였다.

강호에서 그가 존재할 의미가 달린 것이니까.

아버지 진관호는 그가 모든 은원을 떠나 자유롭게 살기를 바랐다. 진무원을 위해 스스로를 희생한 것도 그 때문이다.

'하지만 과연 내가 그렇게 살 수 있을까? 가슴에 이렇게 피가 뜨겁게 끓고 있는데.'

심장이 뜨겁게 고동치고 있다.

단순히 하루하루 숨을 이어가기 위해서 그렇게 힘차게 뛰는 것만은 아닐 것이다. 그의 가슴속에 있는 그 무언가가 심장을 고동치게 만들고 있었다.

진무원이 고개를 들어 전방을 바라봤다.

보이는 것이라곤 끝없이 펼쳐진 황야와 도도히 흘러가는 강, 그리고 그 너머로 보이는 산의 희미한 그림자뿐. 그 위로 구름이 진무원이 향하는 방향으로 힘차게 흘러가고 있었다.

'난 정말 모르겠어. 아버지 말대로 그렇게 자유롭게 살 수 있을지. 하지만 노력은 해볼게. 설령 그렇게 살지 못해도 욕은 하지 마.'

진무원이 중얼거릴 때 갑자기 전방의 마차가 속도를 줄이는 것이 느껴졌다. 진무원도 그에 맞춰 마차의 속도를 조금씩 늦췄다.

'강 때문인가?'

방금 전에 본 강이 저 멀리 보였다. 그리고 그 앞에 조그만 선착장과 마을도 보였다. 아마도 저곳에서 배를 타고 강을 건널 모양이다.

진무원의 예상대로 일행은 선착장 앞에 멈춰 서고 공진성이 앞으로 나섰다.

"운마도강선은 앞으로 두 시진 후에나 돌아온다. 그때까지 인원을 반으로 나눠 돌아가면서 쉰다. 일조가 먼저 식사를 하고, 이조는 마차를 지키도록. 이조는 일조가 돌아오는 대로 교대한다."

"옛!"

공진성은 일조와 이조로 나눴고, 진무원은 일조에 배속됐다. 곽문정도 진무원과 같은 일조에 배정되어 같이 움직였다.

두 사람은 근처의 객잔에 자리를 잡았다. 남해객잔(南海客棧)이라는 거창한 이름과 달리 무척이나 초라한 곳이었다. 그 때문에 다른 보표들도 이곳엔 잘 들어오지 않는 듯했다.

"어서 오세요."

그래도 그들을 반겨주는 예쁜 어린 소녀의 목소리는 씩씩하기만 했다. 나이는 곽문정보다 두어 살 어려 보이는데 보통 싹싹한 것이 아니었다. 아마도 주인의 딸인 듯싶었다.

"창가 자리가 있느냐?"

"물론이지요. 여기에 앉으세요. 보기엔 이래도 선착장과 강이 한눈에 들어온답니다."

"고맙다."

진무원과 곽문정이 미소를 지으며 자리에 앉았다.

"무얼 드릴까요?"

"간단히 요기할 수 있는 것으로 부탁하마."

"그럼 돼지고기볶음이 좋을 것 같은데요. 마침 어제 좋은 물건이 들어와서."

"부탁하마."

"헤헤, 잠시만 기다리세요."

소녀가 싱그러운 미소와 함께 주방으로 달려갔다. 진무원은 곽문정이 소녀의 뒷모습을 물끄러미 바라보는 모습을 보고 미소를 지었다.

"왜, 관심 있느냐?"

"아, 아니에요."

곽문정이 얼굴이 붉어지며 황급히 고개를 저었다.

그때였다. 객잔 문을 열고 다른 사람들이 안으로 들어왔다. 몇 명은 진무원도 알고 있는 사람이었고 나머지는 모르는 사람이었다.

"여기서 또 보는군요."

진무원을 향해 미소를 짓는 남자는 종리무환이었다. 그 뒤로 채약란을 비롯해 철기당의 무인들이 보였다. 그들 뒤를 따라온 이들은 다른 일행인 듯 반대편 탁자에 앉았다.

*　　　*　　　*

종리무환 등이 진무원의 옆 탁자에 앉았다. 그러자 곽문정의 얼굴이 붉게 상기됐다. 종리무환 등을 바라보는 그의 눈엔 선망의 빛이 일렁이고 있었다.

'이 녀석.'

아마도 철기당의 무용담에 단단히 도취된 모양이다.

진무원의 시선이 곽문정과 반대편 탁자에 앉은 자들을 향했다. 곽문정 또래의 소년 한 명과 도사복장을 한 중년의 남자 둘이었다.

그때 누군가의 나직한 목소리가 들려왔다.

"공동파의 도사들이군요. 그들은 소매에 항상 청죽 문양을 새겨 넣지요. 들리는 말로는 청죽만큼 꼿꼿한 기상을 유지하기 위해서라더군요."

고개를 돌리니 종리무환이 진무원을 보며 싱긋 웃고 있었다.

"아마 저 소년은 꽤나 높은 신분일 겁니다. 공동파에서는 어린 제자들을 결코 밖으로 내보내지 않거든요. 무공이 일정

이상 수준에 오르거나 혹은 일대제자 이상이 되어야만 밖으로 나올 수 있습니다."

"그럼 저 소년은 일대제자이거나 무공이 꽤 고강하겠군요."

"그렇습니다. 저 어린 나이에 일대제자가 되었다면 그만큼 뛰어난 재능의 소유자란 뜻입니다."

"그렇군요."

진무원이 고개를 주억거렸다.

종리무환의 말을 증명이라도 하듯이 소년은 꽤나 좋은 근골을 가지고 있었다. 하지만 인상이 사뭇 사나워 보이는 것이 꽤나 오만한 성격의 소유자 같았다.

곽문정도 진무원처럼 공동파의 도사들을 바라보았다.

진무원이 물었다.

"부럽느냐?"

"아니요. 전혀."

돌아온 대답이 뜻밖이었기에 진무원이 의외라는 표정을 지었다.

"부럽지 않아? 일대제자라면 뛰어난 무공을 전수받을 텐데."

"전 보표니까요."

"응?"

"아버지가 그랬어요. 비록 대가를 받아 생활하지만 그래도 우리는 타인의 목숨과 소중한 물건을 지키는 일을 한다고. 언제 죽을지 모르는 칼날 위의 목숨일지언정 남들을 갈취하거나 더러운 방법으로 살아가지는 않으니 남아로 태어나 이보다 더 멋진 직업이 어딨냐고 하셨죠."

보표이던 아비 곽이수를 보며 꿈을 키운 곽문정이다.

이 년 전 백룡상단이 장강 상행에 나섰을 때 수적들이 습격해 왔다. 배를 타고 있는지라 도주할 수도 없었다.

그때 곽이수는 끝까지 홀로 남아 수적들에게 대항하며 일꾼들을 탈출시키고 장렬히 전사했다. 죽는 그 순간까지도 곽이수는 손에서 검을 놓지 않았다고 했다.

자신의 죽음으로 타인을 지킨 곽이수, 그는 그야말로 당당한 보표였다.

곽문정의 목표는 곽이수였다. 아비 곽이수처럼 당당한 보표로 인정받는 것이야말로 그의 진정한 꿈이었다.

진무원이 고개를 주억거렸다.

"멋있는 아버님이구나."

"헤헤!"

곽문정이 멋쩍은 듯 머리를 긁적였다.

근처에 있던 임진엽이 그의 말을 듣고 파안대소를 터뜨렸다.

"하하! 소형제는 당당한 장부군. 내가 술을 한잔 사지. 사양하지 말게."

"지금은 근무 중이라서요."

"그렇군. 자네는 보표지. 그럼 저녁에 사지. 꼭 내 거처로 찾아오게나."

"네!"

곽문정이 힘차게 대답했다.

덕분에 장내의 분위기가 한결 좋아졌다. 철기당의 무인들이 흐뭇한 표정으로 곽문정을 바라봤다.

그때 주문을 받은 소녀가 쟁반을 들고 뒤뚱뒤뚱 걸어왔다. 소녀가 진무원의 탁자에 쟁반에 담긴 음식을 내려놓았다.

"남해객잔의 명품 돼지볶음이 드디어 나왔습니다!"

소녀의 낭랑한 목소리가 식당 안에 울려 퍼졌다.

"풋!"

곽문정은 자신도 모르게 웃음을 터뜨렸다. 그러자 소녀가 아미를 상큼 치켜 올리며 곽문정을 노려봤다.

곽문정의 얼굴이 붉어지며 급히 사과했다.

"미, 미안!"

"우리 아빠가 만든 돼지고기볶음이에요. 맛없으면 돈 안받을게요."

"그런 뜻으로 웃은 게 아니라… 미안해."

곽문정이 어쩔 줄 모르고 고개만 긁적였다. 그러자 소녀가 활짝 웃었다.

"모르고 그런 거니 이번엔 용서해 줄게요."

"고, 고마워!"

"내 이름은 소령이에요. 함소령. 오빠 이름은요?"

"내 이름은 곽문정이야."

"그런데 오빠도 보표예요?"

"으, 응!"

"멋있다. 헤헤!"

소녀의 칭찬에 곽문정의 얼굴이 다시 붉게 물들었다.

"이야! 소형제, 축하하네. 저런 미인이 관심을 보이다니. 몇 년만 지나면 수많은 남자의 가슴을 뛰게 할 미색인데, 진심으로 소형제가 부럽군."

임진엽이 너스레를 떨자 곽문정이 어찌할 바를 몰라 했다. 반면 함소령은 태연히 미소를 지으며 곽문정을 바라봤다.

진무원이 미소를 지었다.

'이 아이도 보통이 아니구나.'

눈빛이 초롱초롱한 것이 보통 당차 보이는 것이 아니었다.

"보표긴 한데 아직 그냥……."

곽문정이 말을 더듬었다.

가슴에 웅지는 있지만 스스로도 실력이 많이 모자란다는

것을 알고 있기 때문이다.

함소령이 그런 곽문정의 마음을 눈치챘는지 시원하게 말했다.

"아, 그럼 아직 초보구나?"

"그런 셈이지. 그래도 보표는 맞아."

곽문정이 가슴을 탕탕 쳤다. 그에 함소령이 미소를 지었다.

"그럼 나중에 나도 보표가 필요할 때 백룡상단으로 가면 돼요?"

"그, 그래!"

"헤헤! 분명 약속한 거예요?"

"응!"

곽문정이 힘차게 고개를 끄덕였다. 그에 함소령이 다시 미소를 짓고는 주방으로 총총걸음을 옮겼다. 그녀의 뒷모습을 보는 곽문정의 얼굴이 온통 붉게 상기되어 있었다.

"와우! 어린 꼬맹이가 보통 여우가 아니구나."

"당돌하기도 하지. 요즘 애들은 다 저런가?"

철기당의 무인들이 한마디씩 떠들었다. 함소령의 당돌함에 모두가 혀를 내두른 것이다. 하지만 기분 나쁜 표정은 아니었다.

특히 채약란은 옅은 미소를 짓고 있었다. 함소령의 모습에서 어린 시절의 자신을 떠올렸기 때문이다.

"자, 식사나 하자."

"네!"

진무원의 말에 곽문정이 젓가락을 들었다. 함소령의 호언처럼 돼지고기볶음은 무척 맛있었다. 이런 시골 객잔에서 이정도의 음식을 맛볼 수 있다는 것은 무척 행운이었다.

진무원과 곽문정이 부지런히 젓가락을 움직였다. 그사이 함소령은 철기당 무인들과 공동파 도사들의 식사를 주문 받고 있었다.

"나중에 시간이 되면 이곳에서 술 한잔하고 싶구나."

곽문정이 입안에 돼지고기를 가득 넣은 채 우물거리며 고개를 끄덕였다.

잠시 후 다른 탁자에도 주문한 음식이 나왔다.

철기당의 무인들도 진무원처럼 맛깔스러운 음식에 감탄을 금치 못했다.

"호! 이 정도의 솜씨는 성도에서도 보기 힘든데."

"그러게. 솜씨가 제법이네."

그들은 내친김에 술도 시켜서 한 잔씩 마셨다.

진무원과 철기당 무인들이 그렇게 음식을 맛있게 먹고 있을 때였다.

"여기 숙수가 누구냐?"

누군가의 목소리가 날카롭게 울려 퍼졌다. 고개를 돌리니 공동파 도사들이 젓가락을 내려놓는 모습이 보인다.

중년의 도사들 중 나이가 더 들어 보이는 도사가 탁자를 쾅 치며 다시 한 번 창노한 음성을 토해냈다.

"숙수는 어서 나오지 못할까! 내 말이 들리지 않느냐?"

그의 목소리가 어찌나 웅혼한지 실내의 기물들이 웅웅 떨렸다. 철기당의 무인들은 미간을 찌푸렸고 내공이 약한 곽문정의 안색이 하얗게 질렸다.

잠시 후 함소령과 아비로 보이는 중년의 숙수가 급히 뛰어나왔다.

"무슨 일이십니까?"

숙수가 물기 묻은 손을 앞치마로 닦다가 공동파의 도사들을 보고는 안색이 핼쑥하게 변했다.

"사, 사형?"

3장

결코 버려서는 안 되는 것도 있다

"흥! 역시 함지평 네놈이었구나!"

"사형이 어떻게 여기에……?"

숙수가 당혹스러운 표정을 지었다. 그러자 중년의 도사가 차가운 시선으로 숙수를 노려보았다.

"역시 소문이 사실이었구나. 네놈이 이곳에서 숙수질을 하면서 살고 있다더니."

"이제 전 공동파와 아무런 연관이 없는 사람입니다. 사형도 잘 아시지 않습니까?"

숙수 함지평의 대답에 중년도사의 얼굴에 짙은 노기가 드리워졌다.

"그래, 파문을 당했으니 아무런 연관이 없다고 치자. 하면 이것은 어이할 터이냐?"

중년도사가 옆에 있는 소년을 가리켰다. 그러자 소년이 손바닥에 침을 탁 뱉었다. 그가 뱉은 침 안에는 부러진 이 조각이 섞여 있었다.

"네놈이 만든 음식을 먹다가 설궁의 이가 부러졌다. 설궁은 일대제자지만 태사숙께서 친히 가르치기 위해 선택한 기재이기도 하다. 한마디로 공동파의 미래란 말이다. 그런데 네놈이 만든 음식을 먹다가 이가 부러졌다. 네놈은 이 일을 어찌 책임질 생각이냐?"

"그런……?"

함지평의 어깨가 파르르 떨렸다.

남해객잔에서 만드는 모든 음식은 그가 직접 선별한 신선한 재료로 만든다. 특히 음식을 만들기 전에 몇 번이나 확인했다.

그 결과 객잔을 연 지 일 년 만에 사람들의 신뢰를 얻어 조금씩 자리를 잡아가는 형편이다. 그런데 음식에 돌이 들어가다니? 절대 있을 수 없는 일이었다.

"사형."

함지평이 슬픈 눈으로 중년도사를 노려봤다.

중년도사의 이름은 무해. 함지평과는 공동파에서 같이 수학한 사이다. 만일 무공을 잃고 파문을 당하지 않았으면 함지평도 무해처럼 공동파의 일대제자가 되었을 것이다.

"아직도 그날의 일을 마음에 두고 있는 겁니까? 그래서 이러는 겁니까?"

"나는 네가 무슨 소리를 하는 것인지 모르겠구나."

"사형은 단지 자존심이 상했을 뿐이지만 저는 무공을 잃었습니다. 그런데도 이렇게까지 해야 하겠습니까?"

"네놈 말은 내가 무슨 꼭 억하심정이 있어서 일부런 이런다는 것 같구나. 보거라, 놈. 설궁의 이가 부러졌다. 이것이 진실이다."

무해의 목소리가 높아졌다. 함지평을 바라보는 무해의 눈에 은은한 살기가 맺혔다.

십오 년 전 무해는 공동파에서 촉망받는 기재였다. 하지만 그 앞에 항상 먼저 자리한 이름 하나가 있었으니 바로 함지평이었다.

함지평에 밀려 무해는 항상 이인자에 불과했다. 주위의 기대도, 선망 어린 시선도 모두 함지평의 몫이었다. 정작 함지평 자신은 그런 기대와 시선을 부담스러워했지만 말이다.

공동파에서는 삼 년마다 한 번씩 속가제자들과 후원자들을 모두 초청해 친선 비무대회를 열었다. 제자들의 기량을 점검하고 공동파의 친목을 도모하기 위해서이다.

그날 우승을 차지한 기재에게는 공동파 최고의 기재를 의미하는 공동일수(崆峒一秀)라는 영광스러운 호칭이 주어진다.

무해는 공동일수를 노렸고, 결승에서 함지평과 격돌했다. 그리고 치욕적인 패배를 당했다.

공동파의 수많은 제자가 보는 앞에서 당한 패배는 유달리 자존심이 강한 무해의 가슴에 씻을 수 없는 상처를 남겼다. 무해는 다음에 다시 함지평에게 도전할 기회를 노렸지만, 그에게는 두 번 다시 기회가 오지 않았다.

공동일수라는 칭호를 받은 지 몇 달 후 함지평은 불미스러운 일에 엮여 무공을 폐쇄당한 채 공동파에서 쫓겨나고 말았다. 세상 사람들은 그 이유를 궁금해했지만, 공동파의 수뇌부는 굳게 입을 다물고 말하지 않았다.

세월은 덧없이 흘러갔고, 함지평은 점점 세인들의 뇌리에서 잊혀갔다. 하지만 오직 한 명, 무해만큼은 그를 결코 잊지 않았다. 그는 결국 이렇게 평범한 숙수가 되어 살아가는 함지평을 찾아냈다.

설궁은 무해의 곁에서 흥미진진한 시선으로 돌아가는 사태를 지켜보았다. 설궁은 예전 함지평과 같은 기대를 한 몸에 받는 제자였다.

오죽했으면 이제 겨우 열다섯밖에 안 된 설궁이 일대제자로 발탁되고, 공동파 최고의 검객이라는 태사숙 홍설진인(紅雪眞人)이 그를 친히 가르치겠다고 선언했을까.

아직 도명을 받지 못해 속세의 이름을 쓰고 있지만, 그는 공동파가 자랑할 만한 기재가 분명했다.

'후후! 재밌구나.'

설궁이 남몰래 미소를 지었다.

사실 그는 무해가 함지평에게 어떤 원한을 갖고 있는지 관심 없었다. 그가 필요한 것은 단지 무해의 지지뿐이었다.

설궁은 그냥 일대제자로 끝낼 생각이 없었다. 비록 나이는 어리지만 그의 목표는 매우 원대했다.

우선은 대사형 무진을 누르고 공동파의 장문인이 되는 것, 그리고 그 자리를 발판으로 운중천의 차기 아홉 하늘이 되는 것. 그러기 위해서는 정치적인 기반이 필요했다.

아무리 무공이 뛰어나더라도 사형제들이 지지해 주지 않으면 소용없다는 것을 설궁은 이미 꿰뚫어 보고 있었다. 그러던 차에 무해가 접근해 왔다.

이 조금 부스러지는 것으로 무해의 지지를 받을 수 있다면 손해가 아니었다. 무해의 영향력은 일대제자 중에서도 상당했으니까. 이제부터는 마음 편하게 어떤 일이 벌어질지 지켜보기만 하면 됐다.

함지평의 시선이 설궁을 향했다.

"정말 내가 만든 음식을 먹고 이가 부러진 것이냐?"

"보다시피 부러졌네요."

설궁이 손바닥 위의 이빨 조각을 내밀었다. 그런 그의 태도
엔 한 치의 망설임도 없었다.

"정말이냐?"

"그럼 지금 제가 거짓말을 한단 말입니까?"

설궁의 눈썹이 사납게 치켜 올라갔다. 그의 모습을 보면서
함지평이 한숨을 내쉬었다.

"공동파의 미래가 암울하구나. 태사숙께서 선택하신 기재
가 아무런 거리낌 없이 거짓을 일삼다니."

"도저히 네놈의 오만을 용서할 수 없구나!"

분노한 무해가 노성과 함께 함지평의 가슴에 일격을 날렸
다.

쾅!

함지평이 비명도 지르지 못하고 훌훌 날려가 벽에 부딪쳤
다.

"아빠!"

함소령이 비명에 가까운 소리를 지르며 함지평에게 달려
갔다. 함지평은 입에 피를 흘린 채 버둥거리고 있었다. 함소
령이 함지평을 안으며 어찌할 바를 몰라 했다.

예전에는 공동일수를 차지한 기재였지만, 무공을 모두 잃

은 지금의 함지평은 평범한 사람에 불과했다. 무해의 일격에 그는 항거 불능의 상태가 되고 말았다.

무해가 함지평을 내려다보았다.

"공동파를 욕보이다니 네놈이 정녕 죽고 싶어 환장했구나!"

"우리 아빠를 괴롭히지 마세요."

함소령이 온통 눈물범벅이 된 얼굴로 무해를 올려다봤다. 하지만 무해는 눈썹 하나 꿈쩍이지 않고 함지평 부녀를 내려다보았다.

승자의 여유와 통쾌함, 오만함과 분노까지 범벅이 된 그의 시선에 함지평 부녀가 몸을 떨었다.

"이제야 네놈의 오만함을 응징하게 되었으니 아직 정의가 죽은 것이 아니구나!"

"거짓말!"

함소령이 악을 썼다. 그녀의 모습에 무해가 미간을 찌푸렸다.

"모두 거짓말이야! 우리 아빠 음식은 최고야! 몇 번이나 확인하고 씻었는데 돌 같은 것이 들어 있을 리 없어! 이 거짓말쟁이!"

"어린 계집이 못 하는 말이 없구나!"

"네깟 것이 뭘 안다고 헛소리를 지껄이는 것이냐? 잠자코 가만 있거라."

"나도 다 알아! 당신이 우리 아빠를 일부러 괴롭힌다는 것을!"

한소령의 시선이 무해의 곁에 있는 설궁을 향했다.

"왜 거짓말을 하는 거야? 우리가 무슨 잘못을 했다고."

"……."

"정말 돌 씹은 거야? 진짜야?"

설궁은 미간만 찌푸릴 뿐 대답하지 않았다. 그에 함소령은 더욱 확신했다.

"거짓말쟁이들! 공동파의 도사들이 어떻게 이럴 수가 있어? 내가 다 이를 거야! 공동산에 올라가서 다 이를 거야!"

그녀의 외침이 객잔 안에 울려 퍼졌다.

순간 설궁의 얼굴이 벌겋게 달아올랐다. 그가 언제 이런 모욕적인 발언을 들어봤을까?

뛰어난 재능과 근골 덕분에 사형제들은 물론이고 장로들에게도 예쁨과 떠받듦만 받는 그였다. 한 번도 이런 폭언을 들어본 적이 없기에 그가 느낀 분노는 무척 컸다.

짝!

그의 손이 허공을 가르고 함소령의 고개가 홱 옆으로 돌아갔다. 설궁의 입장에서는 가볍게 훈계를 내린 것에 불과하지만, 아직 어린 함소령은 그만 눈동자가 풀리고 말았다.

"저, 저……?"

이제까지 관망하던 철기당의 무인들이 그 모습을 보고 탄식을 내뱉었다. 특히 다혈질인 임진엽과 담진홍은 더 이상 참지 못하고 자리를 박차고 일어나려 했다.

그때 종리무환이 그들을 제지했다.

"그들은 공동파입니다."

"하지만……."

"아시잖습니까? 비록 말석이긴 하지만 구대문파입니다. 공동파와 척을 지는 그 순간 철기당은 이 세상에서 흔적도 없이 사라질 겁니다."

"크윽!"

철기당이 제아무리 강호에 명성을 날리고 있다지만 구대문파의 하나인 공동파에 비할 수는 없었다.

종리무환은 냉정했다. 그는 철기당의 역량과 직면한 현실을 잘 파악하고 있었다. 강자들과 대문파가 득실거리는 강호에서 철기당 같은 소문파가 살아남는 비결 중 하나는 함부로 나대지 않는 것이었다.

강호의 은원이란 것은 매우 끈질겨서 한번 맺으면 끊기가 쉽지 않았다. 종리무환의 역할 중 하나는 철기당이 그런 은원에 얽히지 않게 냉철한 판단을 내리는 것이었다.

종리무환의 결정에 임진엽과 담진홍이 억지로 자리에 앉았다. 그들은 분을 삭이지 못했지만, 종리무환의 결정에 반박하지 않았다. 이제껏 철기당이 강호에서 살아남을 수 있던 것도 종리무환의 냉철한 판단 때문이었으니까.

채약란의 표정 역시 좋지 않긴 했지만 화를 꾹 눌러 참았다. 그녀 역시 현실을 직시하고 있는 것이다. 이 자리에 있는 대부분의 사람은 공동파의 행사를 숨죽인 채 지켜만 보고 있었다.

하지만 모두가 그런 것은 아니었다.

"소령."

진무원의 곁에 앉아 있던 곽문정이 자리를 박차고 일어나 함소령에게 달려갔다. 곽문정은 눈동자가 풀린 함소령을 안으며 설궁을 올려다보았다.

"너무한 거 아닙니까?"

그의 외침이 객잔 안에 울려 퍼졌다.

* * *

곽문정의 개입에 무해와 설궁이 어이없다는 표정을 지었다. 객잔 안에 다른 사람들이 있는 것은 알았지만, 그들이 공동파의 무인이란 사실을 알게 되면 절대로 경거망동하지 못할 거라 생각했기 때문이다.

설궁이 짜증 섞인 표정으로 곽문정을 노려봤다.

"너는 또 누구냐?"

"나, 나는 보표입니다."

"보표? 설마 백룡상단의 보표는 아니겠지?"

"그렇습니다."

"하! 설마 공동파와 백룡상단의 관계도 모르고 주제넘게 끼어든 것은 아니겠지?"

설궁의 살기 어린 시선에 곽문정이 고개를 숙였다.

겁이 덜컥 났다. 어린 소령이 당하는 모습에 분기를 못 이겨 끼어들었지만 후환을 감당할 자신이 없었다. 하지만 아직도 제정신을 차리지 못하고 품에서 바들바들 떨고 있는 함소령의 얼굴을 보고 그는 입술을 질근 깨물었다.

"하, 한 번만 사정을 봐주시면 안 되겠습니까? 사정은 모르겠지만, 아직 어린아이 아닙니까?"

"호! 협사 나셨군."

설궁이 이죽거렸다.

무해도 어이가 없다는 표정으로 곽문정과 철기당 무인들을 번갈아 바라보았다. 혹시나 연관이 있는지 알아보려는 것이다. 철기당의 무인들은 그의 시선을 피하는 것으로 곽문정과 자신들이 별반 연관이 없음을 표시했다.

무해가 말했다.

"꼬마야, 감히 공동파의 행사에 간섭한 죄는 크지만 지금이라도 물러나면 용서해 주마."

"그, 그냥 넓은 아량으로리도 용서해 주시면 안 되겠습니까?"

"갈(喝)! 도무지 주제를 모르는 녀석이구나!"

무해의 외침이 객잔에 울려 퍼졌다. 공력이 어찌나 심후한지 탁자 위에 있던 그릇들이 웅웅 소리를 내며 떨었다.

"크윽!"

가까이 있던 곽문정이 자신도 모르게 귀를 막았다. 그래도 이명증이 찾아오며 사물이 두세 개로 보였다.

만일 무해의 공력이 조금만 더 심후했더라면 곽문정은 내상을 입는 것을 면치 못했을 것이다. 하지만 내상은 입지 않았더라도 그가 입은 타격은 결코 작지 않았다.

몸이 덜덜 떨리는 것이 금방이라도 오줌을 쌀 것 같았다. 입술이 바싹 마르면서 전신의 솜털이란 솜털이 모두 곤두섰다. 그 상황에서도 곽문정은 소령을 자신의 몸으로 감싸 안았다.

그 모습이 설궁의 화를 폭발시켰다.

"감히 한낱 보표 따위가!"

퍼억!

그가 곽문정을 힘껏 걷어찼다. 내공이 실린 발길질에 곽문정의 몸이 크게 들썩이며 검은 피를 토해냈다.

"우웩!"

"내가 누군 줄 아느냐? 공동파의 지존이 될 몸이다! 그런데 돈을 받고 사람이나 호송하는 보표 나부랭이가 감히 끼어들다니!"

"보표를……!"

순간 곽문정의 외침이 객잔 안에 울려 퍼졌다. 그에 설궁과 무해가 자신도 모르게 움찔했다.

"보표를 욕하지 마세요! 돈을 받는다고요? 정당한 대가를 받을 뿐입니다! 그리고 우리가 아니면 안 되는 사람들도 있습니다! 당신들이 지켜주지 않는 사람들이 우리를 의지합니다! 당신들에게 나부랭이란 말을 들을 만큼 그렇게 값어치 없는 직업이 아닙니다!"

곽문정의 어깨가 들썩이고 있다.

겁나서가 아니다. 힘이 없는 자신이, 이렇게 외치는 것밖에 할 수 없는 무기력한 자신이 싫어서 그는 울고 있었다.

"오빠……."

품에 안긴 함소령이 곽문정의 뺨을 어루만졌다. 그의 외침이 함소령을 깨어나게 만든 것이다.

그때 무해가 곽문정 앞에 쪼그려 앉았다.

"그래 봐야 하잘것없는 보표라는 사실에는 변함이 없지. 진정한 무인은 그런 진흙탕에 발을 담지 않는 법이니까. 꼬마야, 내가 한 가지 제안을 하마."

"그게 뭔가요?"

"하하! 네가 보표는 진정한 무인이 아니라고 말하는 것이다."

"그건……."

"네가 그 말을 하지 않겠다면 나는 이 부녀에게 죄를 물어 죽일 것이다. 네 손에 이 부녀의 목숨이 걸려 있다."

무해의 눈이 살기로 번들거렸다.

그는 곽문정의 모습에서 십오 년 전의 함지평의 모습을 봤다. 함지평의 뿌리 깊은 자존심과 신념이 곽문정에게서 느껴졌다.

그 자존심과 신념이란 것이 얼마나 쓸모없는 것인지 알려주고 싶었다. 강호에선 힘이 없는 정의란 존재할 수 없으며, 강자에겐 알아서 고개를 숙여야 한다는 사실을 저 버릇없고 철없는 어린 소년에게 알려줄 것이다.

"이제 말해보거라. 그래도 너는 보표라고 자부할 수 있느냐? 이들을 지킬 수 있겠느냐?"

"그건……."

"힘이 없는 자의 패기 따윈 그저 어린아이의 철없는 옹알이에 불과할 뿐."

곽문정이 입술을 질근 깨물었다.

"그냥 한마디만 하면 된다. 보표는 진정한 무인이 아니라고. 잘못 끼어들어 죄송하다고. 그렇게 말하지 않으면 나는 감히 공동파의 행사에 끼어든 죄를 물어 이들 부녀의 목숨은 물론이고 너의 한 팔을 취하리라."

스릉!

무해가 허리에 차고 있던 검을 꺼내 들었다. 검집에 청죽문양이 새겨져 죽문검(竹文劍)이라 부른다. 공동파의 일대제자를 상징하는 신물이기도 했다.

그가 죽문검을 들어 곽문정을 겨눴다. 곽문정에게 무해의 살기가 집중됐다. 곽문정의 안색이 더할 수 없이 창백해졌다.

'한마디만 하면 된다. 그러면 이들 부녀와 내 목숨을 살릴 수 있다.'

너무나 간단한 일이다. 하나 그러면 자신의 존재 자체를 부정하게 된다. 아비 곽이수로부터 이어져 온 자신의 신념을 버려야 하는 것이다.

"나, 나는……."

곽문정의 목소리가 절로 떨렸다. 눈물이 왈칵 쏟아져 양 볼을 적셨다. 볼을 타고 흐른 눈물은 함소령의 얼굴 위로 떨어졌다.

"보표는 진정한……."

곽문정이 말을 더듬었다. 숨이 가빠서 말을 잇기 힘들었다. 그가 숨을 고르는 모습을 무해와 설궁 등이 잔인한 미소를 지은 채 지켜보고 있다.

"휴!"

그 모습을 지켜보고 있던 진무원이 한숨을 내쉬며 자리에서 일어났다.

자신이 참견할 일이 아니라 생각했지만 아무리 생각해도 이것은 아니었다. 그가 옆에 두었던 설화를 집어 들었다.

그 순간 종리무환이 진무원의 어깨를 붙잡았다. 진무원이 뒤돌아보자 종리무환이 고개를 저었다.

"지금 끼어드는 것은 어리석은 짓입니다. 공동파는 대문파이고, 그들의 힘은 간숙성을 떠어넘어 사천성에까지 미칩니다. 그런 이들과 척을 지고 살아간다는 것은 무척 피곤한 일입니다."

그냥 모른 척하라는 말이다.

은원은 엮이지 않는 게 현명하다. 사소한 은원 하나가 목숨을 좌우하는 곳이 강호다. 더군다나 상대가 공동파라는 대문파라면 더욱 그렇다.

공동파라는 거대한 문파가 세워지기까지 얼마나 많은 피를 흘렸을 것인가? 그들은 수많은 정적과 적의 주검 위에 공동파라는 거대한 성을 세웠다.

얽힌 은원이 한두 가지가 아니었고, 그들의 몰락을 기대하고 있는 자들도 적지 않았다. 그래서 그들은 더욱 강해져야 했다. 상대에게 약점을 보이는 순간 그들의 정적이 가차없이 공격해 와 숨통을 물어뜯을 테니까.

약한 모습을 보이는 순간이 곧 문파가 쇠락하는 시발점이다. 그래서 그들은 칼처럼 날카롭고 무자비할 정도로 자신들만의 규율을 강요하며 은원에 특히 민감하게 반응했다.

같은 구대문파 정도가 아니면 공동파와 은원을 지고 강호에서 살아남을 수 없었다. 그만큼 공동파의 저력은 무서웠다.

"그냥 참고 넘어가십시오. 저 아이의 자존심은 조금 상할지언정 큰 상해는 입지 않을 겁니다."

종리무환은 나름 합리적으로 상황을 분석하고 판단을 내렸다.

조금만 참으면 된다. 이깟 굴욕 따위, 금방 잊힐 것이고 곽문정은 보표로서의 명맥을 이어갈 수 있을 테니까.

그때 진무원이 고개를 저었다.

"당신의 말은 틀렸습니다."

"뭐가 틀렸단 말입니까?"

"굴욕 따윈 얼마든지 감수할 수 있습니다. 자존심 따윈 개에게 줘버려도 됩니다. 하지만 모든 것을 다 버려도 결코 버려서는 안 되는 것이 하나 있습니다."

"그게… 뭡니까?"

"그것은 바로 신념입니다. 자신이 믿는 바를 이루려는 근원적인 힘이죠."

"……."

"그런데 저들은 지금 저 아이의 신념을 꺾으려 하고 있습니다. 저 아이의 근원이 되는 믿음을 버리라 강요하고 있습니다."

진무원이 종리무환을 똑바로 바라보았다. 하지만 종리무환은 왠지 진무원의 얼굴을 제대로 바라볼 수가 없었다.

"신념을 잃어버린 아이가 커서 무얼 할 수 있을까요? 자신이 믿는 바가 모두 부정당한 소년에게 어떤 미래가 펼쳐질까요?"

"그, 그건 너무 비약이 심한 것이……."

"비약 같습니까?"

"……."

한 걸음에 계책 하나를 내놓을 만큼 뛰어난 두뇌의 소유자인 종리무환이 꿀 먹은 벙어리가 됐다.

"저 아이는 보표입니다. 세상에서 보표를 어떻게 평가하든 저 아이는 진정한 보표가 되겠다고 다짐했고, 여러분도 그것을 들었습니다. 그런데도 방관한다는 것이 더 비겁한 일 아닙니까? 당신들이 보표들과의 술자리에서 영웅담을 늘어놓았던 그 사람들이 맞습니까?"

채약란을 비롯한 철기당 무인들의 얼굴이 붉게 달아올랐다. 부끄러웠기 때문이다. 입이 열 개라도 할 말이 없었다.

진무원이 앞으로 걸어나갔다. 그런 진무원의 귀로 종리무환의 중얼거림이 들려왔다.

"바보 같은……. 겨우 그런 이유로 공동파와 척을 지려 하다니."

그의 이성으로는 도저히 이해할 수도, 결코 용납할 수도 없는 일이었다.

순간 진무원이 살짝 뒤돌아봤다.

"괜찮지 않습니까?"

"……."

"세상에 그런 바보 하나쯤 있는 것도."

*　　　*　　　*

곽문정은 목이 메어서 말을 이을 수가 없었다. 그가 입만 벙긋거렸다. 그러자 무해가 죽문검을 높이 치켜들었다.

"네놈의 헛된 자존심과 오지랖 때문에 이들 부녀는 물론이고 너도 팔병신이 되겠구나!"

설궁과 다른 도사는 그 모습을 흥미진진한 시선으로 지켜
보고 있다. 그들의 기대에 부응이라도 하듯이 무해가 죽문검
을 힘껏 내려쳤다. 그에 곽문정은 그만 눈을 감고 말았다.

바람 소리가 들려왔다. 그리고……

터억!

"헉!"

둔중한 소리와 함께 무해의 당혹한 음성이 동시에 곽문정
의 귀에 들려왔다. 곽문정이 슬며시 눈을 뜨자 그의 앞을 막
고 있는 한 남자의 등이 보였다.

"형?"

곽문정이 눈을 크게 떴다. 적갈색 무복을 입은 남자는 바로
진무원이었기 때문이다. 진무원이 설화를 쥔 왼손으로 뒷짐
을 진 채 오른손 검지와 중지로 무해의 죽문검을 막고 있었
다.

날이 시퍼렇게 선 죽문검을 막고 있음에도 진무원의 손가
락은 멀쩡했다. 오히려 당혹한 표정을 지은 것은 무해였다.
설마 자신의 검이 다른 누군가에게 막힐 거라고는 상상도 해
보지 못했기 때문이다.

'공수납백인(空手納白刃)?'

맨손으로 날아오는 검날을 잡아채는 고난도의 공부이다.
그러나 그것도 평수, 혹은 하수에게나 통하는 것이지 무해와

같은 고수들에겐 통하지 않는 수법이다.

비록 내공을 주입하지 않았다 해도 절정의 고수라 할 수 있는 무해가 마음먹고 날린 일격이다. 그런 공격을 손가락 두 개로 막아냈다는 것 자체가 상대의 무공 노수가 범상치 않다는 것을 의미했다.

무해가 검을 거두며 진무원을 노려봤다.

"누군가? 감히 내가 공동파의 무인이라는 사실을 알면서도 개입하는 것인가?"

"이 아이의 형이라 할 수 있는 사람입니다. 이 정도면 충분히 개입할 자격이 된다고 봅니다만."

진무원이 무해를 오연히 바라보며 말했다. 그러자 무해의 표정이 살짝 일그러졌다.

"허! 숨어 있는 고수가 있는데도 몰라봤군. 하면 이 아이가 그리 방자할 수 있던 것도 자네를 믿고 있었기 때문이겠군."

무해는 이 상황을 오해하고 있었다. 그러나 진무원은 그에 변명할 필요를 느끼지 못했다. 지금 그에게 중요한 것은 해명이 아니라 곽문정을 보호하는 것이었다.

"이쯤에서 이 아이를 용서해 주는 것이 어떻겠습니까? 이만하면 이 아이도 자신이 어떤 실수를 저질렀는지 뼈저리게 느끼고 있을 겁니다."

"마음대로 개입하고 마음대로 물러나겠다? 강호의 모든 일에는 은원이 분명한 것을 알고 있지 않은가? 한번 맺은 은원은 수 대가 흘러도 결코 희석되지 않는 법이지."

무해의 입매가 뒤틀렸다.

그에 진무원이 나직하게 한숨을 내쉬었다. 그가 자신의 아픔은 누구보다 크게 느끼면서 타인의 아픔에는 전혀 공감하지 못하는 사람이란 것을 알아보았기 때문이다.

저런 사람들은 시간이 아무리 흘러도 원한을 잊지 않는다. 오히려 곱씹고 또 곱씹어서 원한을 더욱 크게 키우고 가슴에 담아 둔다. 오늘의 사달도 그 때문에 일어난 일일 것이다.

무해가 물었다.

"어느 파의 고수신가? 설마 사문을 밝힐 용기가 없는 것은 아니겠지?"

"도장에게 말해줄 만큼 대단한 사문은 없으니 대답해 드리기가 그렇군요."

"허! 이 지경이 되어서도 끝까지 자신을 숨기겠다? 우리 공동파가 우습게 보였나 보군. 이렇게 업신여기는 것을 보니."

"이건 공동파의 문제가 아니라 도장과 우리의 문제입니다."

"뭣이라?"

"아닙니까?"

진무원이 무해를 똑바로 바라보았다. 그러자 무해가 움찔

했다.

눈을 아프게 하는 정광이나 신광은 보이지 않는다. 그렇다고 살기를 흩뿌리는 것도 아니다. 그런데도 무해는 이상하게 진무원의 눈을 똑바로 바라볼 수 없었다. 무해 자신도 이해할 수 없는 일이었다.

"감히 나를 핍박하겠다는 것인가? 이 무해를?"

"핍박이 아닙니다. 자비를 구하는 거지요. 안 되겠습니까?"

"그게 자비를 구하는 자의 모습이던가?"

"그럼 제가 어떡하면 되겠습니까?"

"저 아이의 한쪽 팔을 잘라라. 그럼 모든 은원을 잊겠다."

무해의 시선이 곽문정을 향했다. 그는 아직도 곽문정을 용서하지 않았다. 아마도 그는 수십 년이 흘러도 곽문정을 결코 용서하지 않을 것이다.

진무원이 고개를 저었다.

"그럴 수는 없습니다. 도장의 방식대로라면 이 세상에 온전하게 두 팔을 보전할 수 있는 사람은 아무도 없을 겁니다."

"네놈이 정녕 나를 능욕하려는 것이냐? 도저히 용서할 수가 없구나!"

무해가 노성을 토해내며 진무원을 향해 검을 휘둘렀다. 공동파의 절학 중 하나인 소양검(少陽劍)을 펼친 것이다.

쉬악!

파공음과 함께 무해의 죽문검이 진무원의 목젖으로 날아왔다. 순간 진무원의 눈빛이 차갑게 가라앉았다.

일말의 자비심도 없는 살초다. 반드시 진무원의 목숨을 빼앗겠다는 의지가 검에 담겨 있었다.

'도사의 검에 일말의 자비도 없구나.'

진무원이 오른손 검지와 중지를 한데 모아 날아오는 검을 향해 쭉 뻗었다. 그 모습을 본 무해가 코웃음을 쳤다.

"흥! 공수납백인이 또 통할 줄 아느냐?"

무해는 오히려 진무원원 손가락을 자르기 위해 검에 공력을 주입했다. 그러자 그의 검이 더욱 날카로운 빛을 뿜어냈다.

"형!"

"저……?"

곽문정과 임진엽이 동시에 경호성을 내뱉었다. 그들의 눈에는 진무원의 손가락이 잘릴 것처럼 보였기 때문이다.

무해의 검과 닿기 직전 진무원의 손가락이 기묘한 변화를 보였다. 마치 그림자처럼 검첨을 뚫고 지나가 검신을 훑는가 싶더니 중간을 살짝 짚은 것이다.

무해가 그런 진무원을 비웃었다.

"무슨 수작을……."

하지만 그의 얼굴에서 웃음기가 사라지는 것은 그야말로 순식간이었다.

쩌적!

진무원의 손가락과 맞닿은 검신에서 갑자기 균열이 나타 났다.

"이건……?"

순간 퍽 하는 소리와 함께 죽문검의 검신이 터져 나갔다. 사방으로 비산하는 검편에 무해의 뺨에 상처가 났다. 하지만 그는 상처의 아픔을 느끼지도 못했다.

그가 망연한 얼굴로 손잡이만 남은 죽문검을 바라보았다.

"주, 죽문검이……."

죽문검은 공동파 일대제자를 상징하는 신물이다. 누구보다 명예욕이 강한 무해에겐 목숨과도 같은 물건이었다. 그런 신물이 진무원의 손짓 한 번에 부서지다니. 무해는 정신이 붕괴되는 충격을 느꼈다.

무해에겐 단순한 손가락질로 보였겠지만, 진무원이 펼친 것은 쇄병지(碎兵指)였다. 대장장이로 보내던 시절에 터득한 그만의 지법이었다.

무해는 죽문검이 한 점의 흠집도 없는 명검이라고 생각했 겠지만, 진무원의 눈에는 결이 똑똑히 보였다.

"사형!"

그 모습을 지켜보던 중년의 도사 무월이 달려왔다. 무해가 위험하다고 판단한 것이다. 그의 손에도 죽문검이 들려 있다.

츄화학!

죽문검에서 검기가 폭출했다. 무해의 죽문검이 부서져 나가는 것을 보고 처음부터 전력을 다한 것이다.

진무원은 한 걸음 뒤로 물러났다. 간발의 차이로 무월의 검이 진무원의 목 위로 지나갔다. 처음부터 진무원의 목숨을 노린 것이다.

진무원의 눈빛에 차가운 빛이 일렁였다.

"소년은 오직 자신만 신경 쓰고, 부모는 오직 자식에게만 신경 쓰고, 장사치는 오직 이득에만 신경 쓰나, 도사는 오직 중생의 구제에 신경 쓰는 법. 도사의 손속에 자비가 없으니 진짜는 아닌 모양이구나."

진무원의 낭랑한 목소리가 객잔 안에 울려 퍼졌다. 순간 무해와 무월의 얼굴이 수치로 붉게 물들어갔다. 진무원의 목소리가 자신들의 존재 자체를 부정하는 것으로 들렸기 때문이다.

"놈! 닥치거라!"

무해와 무월이 동시에 노호성을 터뜨리며 진무원에게 달려들었다. 검을 잃은 무해는 추운권(追雲拳)을, 무월은 소양검을 펼쳤다. 두 사람의 합공은 매우 정묘해서 평소 꽤 많이 연습했다는 사실을 알 수 있었다.

쉬쉭!

객잔 안에 권풍과 검풍이 몰아치며 탁자와 의자가 부서져 나갔다. 그 속에서 진무원은 표표히 움직였다.

상대가 밀고 오면 물러나고 상대가 물러나면 그만큼 다가가는 진무원의 모습에 임진엽이 감탄을 터뜨렸다.

"마치 바람을 타고 움직이는 것 같구나."

왼손에 들고 있는 검은 아예 뽑지도 않았다. 그런데도 전혀 그가 위험하다는 생각은 들지 않았다.

진무원의 손가락이 무월의 검을 향했다. 그의 쇄병지에 무해의 검이 산산조각 나는 것을 이미 목도한 무월이었다.

'놈! 단숨에 손가락과 손모가지를 잘라주마!'

무월은 오히려 쾌재를 부르며 죽문검에 공력을 더욱 주입했다. 그러자 검기가 더욱 선명해졌다.

쩌엉!

검과 손가락이 부딪쳤는데 쇳소리가 울렸다. 이어 쩌적 하는 소리가 검신에서 터져 나왔다.

퍼억!

무월의 눈앞에서 검이 산산조각 나며 검편이 사방으로 비산했다.

"헉!"

무월의 안색이 흙빛으로 변했다.

그는 하늘이 노래진다는 것은 이럴 때 쓰는 말이라는 것을 깨달았다. 정말 눈앞이 노랗게 변하고 있었으니까.

퍼빅!

뒤이어 격타 음이 연이어 터져 나왔다.

"크윽!"

비칠비칠 물러나는 무월과 무해의 오른쪽 어깨가 퉁퉁 부어오른 채 축 처져 있다. 진무원에게 각자 일격을 허용해 탈구된 것이다.

그들의 눈에 불신의 빛이 떠올라 있다. 진무원에게 어떻게 공격을 당한 것인지 눈으로 보지도 못했기 때문이다.

진무원이 멈춰 서서 오연히 그들을 바라보다가 문득 뒤를 향해 손을 휘둘렀다. 그러자 그의 손가락 사이에 검 한 자루가 잡혔다.

"헉!"

진무원 등 뒤로 몰래 접근하던 이의 입에서 새된 신음 소리가 흘러나왔다. 그는 바로 설궁이었다.

그는 두 사형이 위험하다고 판단했다. 아무리 봐도 정상적인 방법으로는 이길 수 없을 것 같았던 것이다. 그래서 몰래 암습하려다 진무원의 전방위 감각에 걸리고 말았다.

설궁을 바라보는 진무원의 눈빛이 더할 수 없이 차가워졌다.

"어린놈이 비겁하기 그지없구나. 너 같은 놈이 명문 공동파의 지존을 꿈꾸다니 공동파의 미래가 실로 암울하구나."

진무원이 검신을 비틀었다.

우두둑!

"으아악!"

검을 잡은 설궁의 오른손이 함께 뒤틀리며 파열음과 비명성이 동시에 울려 퍼졌다.

*　　*　　*

모두가 침묵에 빠졌다. 질식할 것 같은 침묵이 장내를 지배하고 있다. 숨이 막힐 것 같았지만, 감히 누구도 입을 열 수가 없었다.

"……."

결코 봐서는 안 될 무언가를 목도한 기분이다.

상대는 일반적인 무인이 아니다. 무려 공동파의 일대제자들이다. 강호에 나가면 개개인이 절정의 고수라는 소리를 들을 수 있는 무인들이다. 그런 이들이 합공을 하고서도 패배했다.

더구나 그들 세 명을 상대로 진무원은 검조차 뽑지 않았다. 그저 병기를 파괴하는 괴상한 지법과 정체를 알 수 없는 수공(手功)을 펼쳤을 뿐이다.

공동파의 굴욕이라 할 수 있었다. 그 모습을 모두 지켜본 종리무환의 표정이 더할 수 없이 딱딱하게 굳었다.

'이긴 잘못됐다.'

진무원이 공동파의 무인들을 이긴 것도 충격이지만, 그에게 더 큰 걱정거리를 안긴 것은 하필 그 자리에 철기당의 무인들이 있었다는 것이다.

공동파는 이 일을 결코 좌시하지 않을 것이다. 그들은 아무리 조그만 원한이라도 결코 그냥 넘기는 법이 없으니까. 더군다나 공동파의 현재와 미래라 할 수 있는 일대제자 세 명이 비겁한 수를 쓰고서도 굴욕을 당하고 말았다.

'공동파에서는 이 사건을 결코 좌시하지 않을 것이다.'

공동파는 진상을 조사할 것이고, 그 사건의 중심에 진무원과 곽문정이 있음을 알게 될 것이다. 그리고 응징할 것이다.

문제는 이 일에 철기당이 엮였다는 것이다. 직접적인 연관은 없지만, 공동파가 어떤 판단을 내리느냐에 따라 문파의 존립이 갈릴 수가 있었다.

'자칫하면 공동파의 적이 될 수도 있다.'

그들이 증인을 말살하겠다고 마음먹는 그 순간 추적대가 구성될 것이고, 철기당은 끝없는 도주를 해야 할 것이다. 그래서 지금부터는 처신을 잘해야 했다.

"으아아!"

그때 설궁의 노성이 담긴 절규가 울려 퍼졌다. 팔목이 부러진 고통보다 생전 처음 경험하는 굴욕감이 그의 뇌리를 가득 채우고 있었다.

"감히! 감히!"

설궁은 진무원을 노려보며 그 말만 되풀이했다. 눈빛으로만 사람을 죽일 수 있다면 그의 눈빛은 진무원을 갈가리 찢어버릴 정도로 원독에 가득 차 있었다.

"사제!"

무해와 무월이 설궁의 양팔을 붙잡아 일으켰다. 그들의 눈빛 역시 설궁과 크게 다르지 않았다. 그들의 원독 어린 시선을 받으면서도 진무원은 표정 하나 변하지 않았다.

진무원은 그들에게 신경도 쓰지 않고 곽문정을 일으켜 세웠다.

"괜찮으냐?"

"네? 네!"

곽문정이 놀라 힘차게 대답했다. 설마 진무원이 이렇게 강한 무공을 소유하고 있을 줄 몰랐기에 그의 놀라움은 더욱 컸다.

무해가 진무원을 보며 이를 뿌득 갈았다.

"감히 공동파의 제자에게 상해를 가하다니, 그러고도 네놈이 무사할 줄 아느냐?"

"무사하지 않으면 어찌하겠단 말입니까?"

"공동파에서는 결코 이 사태를 좌시하지 않을 것이다!"

"그렇습니까?"

"그렇다! 공동파는 결코 원한을 잊지 않는다!"

"그렇다면 이 사실을 공동파에 알려지지 않게 하면 되겠군요."

진무원이 미소를 지었다. 순간 무해 등은 온몸에 소름이 올라오는 것을 느꼈다. 그 어떤 살기도 담겨 있지 않은 웃음이 이렇게 무서울 수 있다는 것을 그들은 처음 알았다.

"감히 우리를 협박하는 것이냐?"

"왜요? 저는 하면 안 됩니까?"

"이익!"

진무원의 목소리는 마치 옆에서 속삭이는 것처럼 조곤조곤했다. 하지만 그 안에 담긴 뜻은 결코 가볍지 않았다.

진무원이 아직 진신 실력을 발휘하지 않았다는 것은 그들도 알고 있었다. 진무원이 들고 있는 검도 뽑지 않았으니까. 상대가 되지 않는단 사실을 알고 있지만 그렇다고 그냥 물러날 수도 없었다.

진무원이 그들을 향해 한 걸음 다가섰다. 그러자 그들이 한 걸음 뒤로 물러섰다. 진무원의 보이지 않는 기세에 완전히 밀린 것이다.

진무원의 기세는 그들을 객잔 구석으로 밀어붙였다. 그렇게 그들이 막다른 곳에 몰렸을 때 갑자기 누군가 객잔의 문을 열고 들어왔다.

"무해 사형, 이곳에 오셨다면서요?"

발랄한 목소리의 주인은 바로 백룡상단의 여식인 윤서인이었다.

환한 미소를 짓고 들어오던 그녀는 객잔 안의 분위기가 심상치 않은 것을 느꼈는지 표정이 딱딱하게 굳었다.

"무슨 일인가요?"

그러나 공동파의 도사 중 누구도 그녀의 물음에 답하지 않았다. 그저 살기 어린 시선으로 진무원을 노려볼 뿐이었다.

윤서인의 시선이 진무원을 향했다.

"무슨 일이냐고 묻잖아요?"

"별일 아닙니다. 그저 의견 충돌이 조금 있었을 뿐입니다."

"정말인가요?"

윤서인의 공격적인 물음에 진무원이 양 어깨를 으쓱했다. 하지만 그와 달리 공동파의 도사들은 굳은 표정을 풀지 않았다. 그들은 여전히 적개심이 담긴 시선으로 진무원을 노려보고 있었다.

무해가 물었다.

"네놈 이름이 무엇이냐?"

"진무원입니다."

"공동파는 그 이름을 결코 잊지 않을 것이다."

그 말을 끝으로 무해가 무월, 설궁과 함께 객잔 밖으로 나갔다. 그 뒤를 윤서인이 급히 따랐다.

"사형!"

그들이 모두 나가자 진무원이 쓰러져 있는 함지평을 일으켜 세워 의자에 앉혔다.

"쿨럭쿨럭!"

함지평이 기침을 했다. 가슴뼈가 골절되어 폐를 압박하고 있는 것이다.

우두둑!

진무원이 함지평의 가슴을 몇 번 누르자 어긋났던 뼈들이 제자리를 찾았다. 그제야 함지평의 얼굴이 제 혈색을 되찾았다.

"괜찮습니까?"

"고, 고맙습니다, 은공."

그나마 숨을 쉬기 편해지자 함지평이 진무원에게 감사의 인사를 했다.

"당분간은 무리하지 마십시오. 충분히 정양해야만 후유증이 없을 겁니다."

"내 상처는 그리 중요한 게 아닙니다. 은공은 어서 자리를 피하십시오."

"공동파 때문인가요?"

"정확히는 무해 사형 때문입니다. 그는 결코 원한을 잊지 않는 사람입니다."

함지평은 진무원을 걱정했다. 자신을 위해 나서준 것은 고맙지만 그로 인해 해를 입지 않을까 싶은 것이다. 그가 아는 공동파는 결코 이런 일을 그냥 넘기는 허술한 곳이 아니었다.

진무원이 미소를 지었다.

"아마 다른 사람들을 데리고 오겠지요."

"아시면 어서 자리를 피하십시오. 은공의 무공이 아무리 강해도 그들을 당해낼 수는 없습니다."

진무원이 부드럽게 고개를 저었다.

"그럴 수는 없습니다."

"은공, 어쩌려고 그럽니까?"

"몸이 많이 상했습니다. 좀 쉬십시오."

진무원이 함지평의 수혈을 짚었다. 그러자 함지평이 깊은 수마에 빠졌다.

"우리 아빠는 괜찮은가요?"

그제야 정신을 차린 함소령이 달려왔다.

"조금만 쉬면 괜찮아지실 게다."

진무원의 말에 함소령이 안심하는 표정을 지었다. 진무원은 곽문정에게 함소령과 함지평을 돌봐주라고 말한 후 물러났다.

진무원의 곁으로 종리무환이 다가왔다.

그는 진무원의 무공에 충격을 받은 상태였다. 하나 그것과는 별개로 우려 섞인 눈빛이다.

"공동파에서는 절대 가만있지 않을 겁니다."

"알고 있습니다."

"알면서도 그랬단 말입니까?"

"그럼 저 아이의 팔이 잘리는 것을 두고 봐야 했단 말입니까? 아니면 저 부녀가 목숨을 잃는 모습을 그냥 봐야 했단 말입니까?"

"그런 말이 아니잖습니까? 좀 더 합리적으로 대응했으면 이보다 훨씬 더 좋은 결과를 도출해 낼 수 있었을 겁니다."

종리무환이 답답하다는 표정을 지었다.

아무리 무공이 강해도 혼자서는 아무것도 할 수 없다. 모난 돌이 정을 맞는 법이고, 독불장군에게 견제가 들어가는 법이다. 그것이 강호의 현실이었다.

더군다나 상대가 공동파다. 그들은 구대문파의 일원이다. 그 말은 곧 천하를 구 등분해서 지배할 힘이 있다는 뜻이기도 했다.

진무원이 종리무환을 바라봤다. 이번에는 종리무환도 그의 시선을 피하지 않았다.

"항상 그렇게 머리로 모든 것을 계산하십니까?"

"그래야 이 험한 강호에서 살아남을 수 있으니까요. 자신의 역량을 알고 그에 걸맞게 처신한다. 그것이 나와 철기당이 이제껏 강호에서 살아남은 비결입니다."

진무원이 고개를 주억거렸다.

"그렇군요. 저도 그게 틀렸다고 생각하진 않습니다. 세상 사람 대부분이 그리 사니까요."

"그런데 왜?"

"하지만 때로는 가슴이 머리보다 더 앞설 때가 있습니다. 저에겐 지금이 그렇습니다."

진무원의 말은 종리무환과 철기당 무인들의 가슴에 묘한 울림을 안겨주었다.

이상하게 가슴이 먹먹해졌다.

"모두 정의가 사라졌다고 합니다. 가진 자는 없는 자의 손에 쥔 쌀 한 줌마저 빼앗아 곳간을 채우려 하고, 억울하게 당한 자는 부당함을 하소연할 곳이 없습니다. 이런 때에 무공을 익힌 자들마저 이들을 외면한다면 무인이 존재할 이유가 없지 않을까요?"

북천문이 무너지자 수많은 무인이 조그만 이권 하나라도 빼앗기 위해 달려들었다. 진실에는 아무런 관심도 없었다. 눈에 보이는 것은 오로지 당장의 이득뿐이었다.

만일 황철이란 사람이 없었다면 진무원 역시 세상을 비관하며 증오했을지 모른다.

황철은 진무원에게 그래도 세상이 살 만한 곳이란 사실을 몸소 보여주었다. 세상 모두가 그런 아귀 같은 존재는 아니라는 것을 보여주며 성실하게 사는 사람이 더 많다는 것을 알려주었다.

과연 이들을 외면했다면 차후 황철을 만났을 때 그가 과연 잘했다고 말할까?

진무원은 아니라고 생각했다.

진무원은 자신 안에서 무언가 변했다는 것을 느꼈다. 방금 전의 자신과 지금의 자신은 또 다른 사람이었다.

종리무환이 목소리를 높였다.

"일개인이 세상을 바꿀 수는 없습니다! 이 세상이 그렇게 호락호락한 곳은 아니니까요!"

"그런가요?"

진무원이 미소를 지었고, 종리무환은 그의 시선을 피했다. 똑바로 바라볼 수 없었다. 그의 눈을 보는 순간 납득할 것 같았기 때문이다. 하지만 그래선 안 된다. 진무원을 인정하는 순간 이제껏 자신과 철기당이 쌓아온 모든 것을 부정하는 꼴이 되기 때문이다.

'이 남자는 위험하다. 너무나 위험해. 그의 사상은 현 강호에 큰 위협이 된다.'

모난 돌 옆에 있다가는 같이 정을 맞는다.

강호에는 간혹 그런 자들이 나오곤 한다. 그 존재감만으로 다른 사람들의 가슴까지 뛰게 만드는 자들이. 그러나 그런 자들의 최후는 하나같이 좋지 않다는 사실을 종리무환은 알고 있었다.

강호를 지배하고 있는 기존의 무인들은 자신들이 만들어 놓은 질서를 다른 누군가가 어지럽히는 것을 결코 좌시하지 않았다. 그들에게 있어 변혁과 변화를 꿈꾸는 자들은 기득권을 위협하는 위험 요소일 뿐이었다.

그럼에도 불구하고 종리무환은 어느새 다시 진무원을 보고 있었다.

진무원에겐 사람들의 시선을 모으는 힘이 있었다. 언뜻 평범한 듯 보이지만 그만의 단단한 분위기와 고집스런 눈빛은 사람들을 자신도 모르게 빠져들게 만든다.

왠지 그가 그렇다고 말하면 반드시 그렇게 될 것 같다는 기분이 들었다. 받아들일 수 없는 위화감 때문에 아니라고 부정하면서도 눈길이 끌리는 것은 어쩔 수 없었다.

진무원은 창문 밖으로 보이는 하늘을 바라보고 있었다. 그의 망막에 창공이 담겨 있다.

"그래도 어둠을 밝히는 작은 등불 하나 정도는 될 수 있을 겁니다. 최소한 다른 사람의 길잡이가 되어줄 수는 있겠지요."

어리기만 하던 소년은 어느새 가슴에 하늘을 담은 무인이 되었고, 무인은 이제 자신이 향해야 할 미래를 정했다.

"그게… 내가 무공을 익힌 이유이고 가야 할 길입니다."

4장

거센 바람이 분다고,
모두가 고개를 숙이는 것은 아니다

"진 소협은 어떤 사람이냐?"

"그의 사문은 어디지?"

"전 아무것도 몰라요."

임진엽과 담진홍의 물음에 곽문정이 금방이라도 울 듯한 표정을 지었다. 그들은 곽문정이 진실을 숨긴다고 생각했지만, 정작 곽문정은 진무원에 대해 제대로 아는 것이 하나도 없었다.

곽문정이 아는 것이라곤 그를 유독 예뻐하던 황철의 조카라는 것뿐이다. 그의 사문이 어딘지, 어떤 무공을 사용하는지 당연히 아는 것이 없었다.

현재 백룡상단은 비상이 걸린 상태였다. 무해 등은 강을 건너 공동산으로 돌아갔으며, 백룡상단은 포구에 발이 묶인 상태였다.

공진성은 한시라도 빨리 출발하길 원했지만, 윤서인이 공동파와의 일을 해결하기 전에는 한 발짝도 움직일 수 없다고 고집을 부린 탓이었다.

진무원이 남해객잔에서 나오자 철기당의 무인들은 물론이고 보표들이 그 모습을 빤히 바라보았다. 하지만 누구도 그에게 다가가는 사람은 없었다. 괜히 진무원과 엮였다가 윤서인에게 미움을 받고 싶지 않기 때문이다.

"형!"

오직 곽문정만이 진무원을 향해 달려갔다. 진무원이 그런 곽문정의 머리를 쓰다듬어 주며 주위를 둘러봤다. 싸늘해진 주위의 시선이 느껴졌다.

함지평과 잠깐 대화를 하고 온 사이에 분위기가 돌변해 있었다. 방금 전까지 호의적이던 시선은 온데간데없고 한줄기 적의마저 느껴졌다.

진무원은 씁쓸하게 웃으며 곽문정과 함께 걸음을 옮겼다.

곽문정이 눈물을 글썽였다.

"미안해요, 형. 괜히 나 때문에……."

"네 탓이 아니다."

"하지만 제가 참견하지 않았다면 이런 일은 없었을 거예요."

"너는 옳은 일을 했다. 그런 상황에서 용기를 낸 건 정말 대단한 일이다. 하나 분명히 잘못한 것도 맞다."

진무원이 곽문정의 눈을 똑바로 바라보았다.

"너는 네 역량을 감안하지 않았다. 일을 벌이는 것은 누구나 할 수 있다. 하나 진정으로 중요한 것은 벌인 일을 수습하는 것이다. 너는 스스로의 힘으로 수습할 수 없는 일을 벌였고, 결국 끝까지 책임지지도 못했다."

"죄송해요."

곽문정의 목소리가 작아졌다. 진무원의 말이 계속 이어졌다.

"어떤 일을 하기 전에 항상 고민하거라. 과연 나의 판단이 모두를 위험에 빠뜨리는 것은 아닌지, 이 일의 여파가 어디까지 커질지."

"명심할게요."

"그래도 네 덕분에 두 사람이 살았다. 그것은 매우 잘한 일이다."

"네!"

곽문정의 뺨을 타고 눈물이 흘러내렸다. 묘하게 안심이 되었기 때문이다.

진무원이 미소를 지었다.

곽문정은 아직 어린아이다. 무공의 성취가 대단한 것도 아니고 명문에서 태어나 교육을 받은 것도 아니다. 하지만 그들이 갖지 못한 의기를 갖고 있었다.

나름 강자들의 집단이라고 할 수 있는 철기당도 외면했지만 곽문정은 그러지 않았다. 돈을 주고도 살 수 없고 가르친다고 가질 수 없는 의기를 곽문정은 갖고 있었다.

그것은 매우 큰 장점이었다. 최소한 다른 사람의 아픔을 공감할 수 있는 능력이 있다는 것이고, 나 외의 다른 사람들도 돌아볼 수 있다는 뜻이니까.

무엇보다 곽문정에겐 자신만의 신념이 존재했다. 욕망에 뒤틀린 잘못된 신념이 아니라 다른 누구보다 밝게 빛나는 그런 신념이.

"이제부터 네가 해야 할 일은 역량을 키우는 것이다. 지금처럼 일만 벌이고 수습치 못해 타인에게 폐를 끼쳐서는 안 되니까."

"네!"

곽문정이 힘차게 대답했다.

어떻게 그럴 수 있느냐고는 묻지 않았다. 왠지 진무원과 함께 있으면 그렇게 될 것 같았다. 지금 그의 눈에 비친 진무원은 그 누구보다 눈부시게 빛나고 있었다.

그때였다.

"이봐요!"

여인의 날카로운 음성이 두 사람의 귓전을 파고들었다. 진무원이 고개를 돌려보니 윤서인이 허리에 양손을 올린 채 그들을 노려보고 있었다.

"무슨 일입니까?"

"지금 몰라서 묻는 거예요? 당신들 때문에 공동파와 백룡상단 사이에 문제가 생기게 됐잖아요!"

그녀의 목소리가 포구에 쩌렁쩌렁 울려 퍼지자 보표들이 그녀의 눈치를 보며 슬금슬금 자리를 피했다.

"아가씨, 지금은 언성을 높일 때가 아닙니다."

"공 단주님은 가만히 계세요."

옆에서 공진성이 말렸지만 소용이 없었다. 윤서인이 진무원을 향해 성큼성큼 다가왔다. 진무원이 그런 윤서인을 빤히 바라보았다. 그 모습이 윤서인의 분노를 더욱 크게 부채질했다.

"도대체 제정신인가요? 공동파를 건드려서 뭘 어쩌자는 거예요? 공동파가 백룡상단과 밀접한 관계이고 내 사문이란 사실은 알고 있나요? 당신 때문에 설궁 사제가 부상을 당했어요. 도대체 백룡상단에 무슨 억하심정이 있다고 이러는 건가요?"

윤서인이 무서운 속도로 진무원을 쏘아붙였다. 진무원은
그녀의 말을 잠자코 들었다.

"운남성까지 데려다 주는 것도 황송해해야 할 판국에 이런
사고를 치다니, 이 일을 어떻게 수습할 건가요? 수습할 자신
은 있는 건가요?"

그래도 분이 풀리지 않는지 윤서인이 거친 숨을 내쉬었다.

마침내 진무원이 입을 열었다.

"그보다는 먼저 이 사태의 발단과 사람은 괜찮으냐고 묻는
것이 우선 아닙니까?"

"뭐라구요?"

"이 아이가 한 팔이 잘릴 뻔했습니다. 어리지만 이 아이도
보표입니다. 백룡상단의 보표라면 당신이 보살펴야 할 존재
이기도 합니다. 또한 객잔의 주인 부녀는 목숨을 잃을 뻔했습
니다. 적어도 무공을 익혔다면, 강호에 한 발을 걸치고 있는
당신이라면 그걸 먼저 물어봐야 하는 것이 정상 아닙니까?"

"그건……"

"윤 소저의 사문이 공동파라는 것은 나도 알고 있습니다.
하나 윤 소저는 공동파의 제자 이전에 백룡상단의 직계이고
이번 원행의 책임자입니다. 그렇다면 모두의 이야기를 듣고
현명하게 판단하는 것이 먼저라고 생각합니다만."

윤서인의 얼굴이 붉어졌다.

분노와 부끄러움이 범벅이 되었다. 머리는 진무원의 말이 맞는다는 것을 알고 있다. 하지만 그녀의 자존심이 순순히 용납하지를 않았다.

그녀가 소리를 버럭 질렀다.

"그럼 당신은 내가 잘못했다는 건가요? 당신의 잘못은 하나도 없다는 건가요? 홍! 당신들 때문에 곤란하게 된 백룡상단의 처지는 눈에 들어오지도 않는단 말이군요?"

윤서인은 진무원을 무섭게 몰아쳤다. 그녀의 말에는 어떠한 논리도, 이성도 담겨 있지 않았다. 단지 마비된 이성과 분노만이 표출되고 있을 뿐이었다.

"이 일은 내가 책임질 겁니다. 그럴 각오가 없었다면 애당초 나서지도 않았을 겁니다."

"홍! 어떻게 책임지겠다는 건가요? 그 알량한 무공으로요? 상대가 누군지 명확히 인지는 하고 있는 건가요? 공동파예요! 구대문파의 하나인 공동파!"

그녀의 목소리엔 사문인 공동파에 대한 자부심이 강하게 담겨 있었다. 아마 진무원이 어떤 이야기를 하든 그녀는 받아들이지 못할 것이다.

"세상에 영원이란 존재하지 않습니다."

"뭐라구요?"

"공동파가 비록 대단하긴 하지만 영원히 존재할 수는 없을 거란 말입니다."

그 강대하던 북천문이 무너진 것도 그야말로 순식간이었다. 그렇다고 공동파가 북천문보다 더 강대한 힘을 가진 것도 아니다.

무림의 역사란 그렇게 누구도 예상하지 못하는 순간에 급격한 변곡점을 드러내고, 시류에 합류하지 못한 모든 것을 휩쓸어 버린다.

거기에 공동파도 예외가 될 수는 없었다. 하지만 윤서인은 진무원의 말을 또 오해했다.

"감히 지금 공동파를 모욕하는 건가요? 당신 따위가……."

"내 이름은 진무원입니다."

"그게 뭐……."

"당신 따위로 부르지 마십시오."

그리 큰 목소리도 아니었고 공력을 실은 것도 아니었다. 그런데도 진무원의 음성에는 거부할 수 없는 힘이 담겨 있었다. 그것은 윤서인이 감당할 수 있는 것이 아니었다.

윤서인이 자신도 모르게 뒤로 주춤 물러났다가 실태를 깨닫고 입술을 질겅질겅 깨물었다. 뭐라 더 쏘아붙이려 했지만 진무원의 깊이 가라앉은 눈동자를 보는 순간 더 이상 입을 열수가 없었다.

아무리 분노에 이성을 잃었다지만 그녀는 바보가 아니었

다. 함께 움직이고 있지만 진무원은 백룡상단에 속한 보표가 아니었다.

더군다나 그는 사형 무해 등을 한꺼번에 물리친 고수이다. 자신의 일시적인 기분으로 어찌할 수 있는 존재가 아닌 것이다.

찬물을 뒤집어쓴 것처럼 전신이 싸늘해지면서 정신이 번쩍 들었다.

"나, 나는⋯⋯."

"말했듯이 이번 일은 제가 책임집니다. 정 껄끄러우면 이제부터 저와 문정은 백룡상단과 따로 움직이겠습니다."

어차피 처음부터 그럴 생각이었다. 이런 일을 벌이고도 아무 일도 없었다는 듯이 그냥 지나갈 생각은 없었다.

너무나 당당한 진무원의 태도에 윤서인이 어찌할 바를 몰라 했다. 모두가 그녀를 떠받들기만 했지 이렇게 쏘아붙인 적은 단 한 번도 없었기 때문이다.

보다 못한 공진성이 앞으로 나섰다.

"그렇게 성급하게 결정할 문제가 아닌 것 같군. 일단 이곳에서 일박을 하면서 해결책을 의논해 보는 것이 좋을 것 같네. 그러시지요, 아가씨."

"네? 네!"

윤서인이 얼떨결에 대답하고 나서는 수치스러운지 진무원

을 잠시 노려보았다. 그리곤 백룡상단의 보표들이 기다리고 있는 곳으로 걸어갔다.

공진성이 물었다.

"이제 어찌할 것인가? 아가씨 말처럼 공동파에서는 가만있지 않을 텐데."

"기다리렵니다."

"기다린단 말인가? 그들을?"

"예."

진무원이 담담하게 대답했다.

그러기 위해서 무해를 놓아준 것이다. 그의 시선이 저 멀리 보이는 공동산을 향했다.

*   *   *

진무원과 곽문정은 백룡상단과 떨어져 선착장 근처 공터에 앉아서 강바람을 쐬었다. 백룡상단의 보표들은 일절 그들에게 접근하지 않았고, 철기당의 무인들도 그들과 거리를 두었다.

마치 그들과 아무런 연관도 없다는 듯이 말이다. 오직 함지평 부녀만이 그들에게 다가와 식사를 챙겨주고 갔을 뿐이다.

진무원은 함지평으로부터 그간의 사정을 들은 상태였다.

그래서 자신이 예상보다 더 큰일에 휩쓸렸다는 사실을 명확히 인지하고 있었다.

'이 일을 해결하지 못하면 두고두고 후환이 될 것이다.'

곽문정이 시무룩한 표정을 지었다. 그라고 돌아가는 분위기를 어찌 모를까. 분위기상 그들이 따돌림을 당하고 있다는 것을 그 역시 알고 있었다.

그는 백룡상단의 보표들이 자신의 가족이라 생각했다. 하지만 가족이라 생각한 이들이 현재 보여주는 모습은 그에게 큰 충격을 던져주었다.

"강호란 정말 비정한 곳이군요."

그의 어깨가 움츠러들었다. 진무원은 말없이 고개를 끄덕였다.

그는 열세 살 나이에 이미 강호의 생리를 깨달았다. 힘이 없으면 물어뜯기고 마는 약육강식의 무자비한 세계란 것을.

진무원은 곽문정을 말없이 바라봤다.

곽문정의 심정이 어떤지는 누구보다 그가 가장 잘 알고 있었다. 북천사주가 그와 부친을 배신했을 때 기분이 그랬으니까.

북천문의 네 기둥이던 북천사주는 진무원에게 가족이었고 아비가 못해준 부분까지 채워주는 소중한 사람이었다. 그들과는 영원히 함께 갈 줄 알았다.

하지만 그들은 결국 배신했고, 그 결과 북천문은 처참하게 몰락했다. 혈족마저도 배신하는 세상에 가족도 아닌 사람을 믿은 것 자체가 실수였는지도 모른다.

곽문정도 이제 그 비정한 강호에 발을 디뎠다. 오늘 일로 느끼는 바가 클 것이다.

'이번 시련을 무사히 넘긴다면 이 또한 너를 성장시킬 양분이 될 것이다.'

진무원이 문득 고개를 들었다. 그에 곽문정이 의아한 표정을 지었다.

"왜?"

"쉿!"

진무원이 검지를 들어 입을 가렸다. 심상치 않은 분위기를 느낀 곽문정이 입을 꾹 다물었다.

백룡상단의 보표들이 있는 곳에서 소요가 일더니 일단의 무인이 진무원과 곽문정이 있는 곳을 향해 걸어왔다.

모두 일곱 명으로 하나같이 옷소매에 청죽 문양이 새겨져 있고 죽문검을 허리에 차고 있다. 공동파의 일대제자들이었다. 그중에는 무해와 무월도 있었다.

그들의 선두에 서 있는 장년인이 진무원과 곽문정을 바라보았다.

'잘 벼려진 명검이구나.'

장년인을 본 순간 진무원의 뇌리에 든 생각이다.

키는 겨우 오 척이 넘을까 말까 한 단신이지만 날카로운 눈매와 전신에서 풍기는 칼날 같은 분위기가 그런 생각이 들게 만들었다.

무해와 무월도 감히 장년인 앞으로 나서지 못하고 뒤에서 눈치만 보고 있다. 그로 미뤄보아 장년인이 무해 등보다 훨씬 더 높은 신분이라는 것을 알 수 있었다.

어둠 속에서도 장년인의 눈은 마치 화등잔처럼 빛났다. 그 모습이 사뭇 공포스러웠기에 곽문정은 그만 마른침을 꿀꺽 삼키고 말았다.

장년인이 마침내 입을 열었다.

"당신이 진무원인가?"

생김새만큼이나 날카로운 목소리다. 목소리만으로 가슴에 비수를 꽂는 것 같은 냉기가 느껴졌다.

진무원이 자리에서 일어났다.

"내가 진무원입니다. 당신은?"

"내 이름은 무진이다."

그의 음성에 숨길 수 없는 자부심이 드러났다.

무해와 같은 항렬이다. 하지만 무해와 비교할 수 없는 사람이 바로 무진이었다. 바로 그가 공동파의 일대제자들의 정점에 서 있는 남자였다.

모든 일대제자가 그를 대사형이라 부른다. 그가 바로 대공동파의 장문제자, 즉 차기 장문인이라는 뜻이다.

무진은 십오 년 전 공동일수를 뽑는 대회에 참가하지 않았다. 굳이 그런 대회에 참여해 자신을 증명하지 않아도 될 정도로 그는 이미 발군의 실력을 가지고 있었기 때문이다.

공동일수를 뽑는 그 대회가 벌어지는 시기에도 무진은 폐관 수련을 하고 있었다. 공동파의 최고 검공이라 할 수 있는 오음신검(五陰神劍)을 전수받았기 때문이다.

오음신검은 삼백 년 전 공동파의 전설적인 검객이던 운양진인이 만들어낸 검공이었다. 공동파의 모든 검공을 집대성해 만들어낸 이 검공은 오직 장문인에게만 이어졌다.

십오 년이 지난 지금 무진이 오음신검을 얼마나 성취했는지는 알 수 없었다. 한 번도 외부에 자신의 성취를 자랑한 적이 없으니까. 하지만 한번 시작하면 기어이 끝을 보고야 마는 무진의 성정을 아는 공동파의 일대제자들은 그의 성취가 결코 적잖을 거라고 짐작하고 있었다.

무진은 천성적인 무광(武狂)이어서 오직 무공만 익힐 뿐 공동파의 대소사에는 거의 신경을 쓰지 않는다고 했다. 오죽했으면 무공을 익히는 데 방해가 된다는 이유만으로 공동파의 장문제자에서도 물러나려 했을까?

"네가 공동파의 제자들을 핍박했다는 이야기를 들었다. 사실인가?"

"그게 핍박이라면 할 말이 없군요."

"아니란 말인가? 감히 공동파의 신물인 죽문검을 부수고도 변명을 하겠다는 것인가?"

무진의 눈에 은은한 살기가 넘실거렸다.

죽문검은 공동파의 일대제자를 나타내는 신물이자 자존심이다. 죽문검이 부러졌다는 것은 공동파의 자존심이 부러진 것이나 마찬가지였다.

원래 무해는 무진에게 죽문검이 부러졌다는 것을 말하지 않으려 했다. 대사형 무진에게 말하는 것이 부끄러웠고, 이 사건을 어떻게든 자신이 수습하려 했기 때문이다.

그래서 몇몇 사제만 더 데리고 오려 했다. 그 정도면 충분히 진무원을 응징할 수 있다 여겼기 때문이다. 하지만 그런 그의 움직임은 무진에게 들통이 났고, 결국 사정을 모두 들은 무진이 이곳까지 내려오게 된 것이다.

"무슨 이유에서 공동파의 제자들을 핍박한 건지 모르겠지만, 지금이라도 순순히 제압을 당하면 공동파에서 공정한 판결을 받게 해줄 것을 약속한다."

"정말 공정한 판결을 받을 수 있게 해주시겠습니까?"

"지금 내 말을 못 믿겠다는 것인가?"

"당신의 사제들이 보인 모습이 그리 믿을 만한 것은 아니라서요."

진무원의 말에 무진의 눈썹이 꿈틀거렸다. 그러자 옆에 있던 무해가 소리쳤다.

"저놈의 말을 듣지 마십시오, 사형! 음험하기 짝이 없는 놈입니다! 반드시 무슨 수작을 부릴 겁니다! 아예 이 자리에서 처단해야 합니다!"

"그렇습니다, 사형! 기괴한 무공을 쓰는데다 심계가 뛰어나니 한시라도 빨리 제압하는 것이 옳습니다!"

무월까지 나서서 목소리를 높였다.

순간 어둠 속에서 진무원의 눈이 빛났다.

'역시!'

남해객잔의 주인인 함지평에게서 그간의 사정을 모두 들은 진무원이었다. 너무나 놀라운 사실이기에 그의 말을 어디까지 믿어야 할지 몰랐지만 이젠 확신할 수 있었다.

그의 말은 모두 사실이었다. 지금 무해와 무월의 행동이 그 사실을 증명해 주고 있었다.

'그렇다면?'

진무원이 곽문정에게 전음을 보냈다.

[혹시 모르니 너는 지금 남해객잔으로 가보거라.]

곽문정이 알았다는 듯 말없이 고개를 끄덕인 후 조용히 뒤로 물러났다.

그 순간 무진이 진무원을 향해 걸어왔다.

"어떡할 것인가? 반항할 것인가, 아니면 순순히 제압당할 것인가?"

진무원이 조용히 고개를 저었다.

사정이야 어떻든 진무원은 북천문의 마지막 문주이다. 개인 입장이라면 얼마든지 무릎을 꿇을 수도 있었지만 그럴 수 없었다. 황철이나 곽문정을 위해서라도 말이다.

"결국 벌주를 택하겠다는 말이군."

"그전에 한 가지만 물어보겠습니다."

"무언가?"

"당신의 사제들이 왜 이곳에 왔는지 이야기는 들었습니까?"

순간 무해와 무월의 안색이 싹 변했다.

"저놈의 궤변은 더 이상 들을 필요 없습니다, 사형! 아주 요망한 놈입니다!"

무해가 진무원을 향해 추운권을 펼쳤다. 그러자 무월과 다른 사제들이 진무원을 향해 일제히 달려들었다.

쉬쉭!

권영과 검영이 허공에 가득 차며 진무원을 압박해 왔다. 그 모습에 무진이 미간을 찌푸렸다. 감히 대사형인 자신의 말이 채 끝나기도 전에 나선 무해 등의 행동이 마음에 들지 않았기 때문이다. 그러나 이제 와서 말리기도 늦어서 일단 지켜보기만 했다.

비록 한쪽 어깨가 탈구되었지만 무해와 무월의 권술은 정묘하기 그지없었다. 거기에 다른 사제들까지 합세하니 그 위용이 엄청났다.

쉬악!

죽문검이 허공을 가르고, 그 사이를 무해와 무월의 추운권이 파고들었다. 물 샐 틈 하나 없는 합공이었다. 그 모습에 무진이 자신도 모르게 고개를 끄덕였다.

개개인의 무위는 조금씩 뒤떨어질지 모르지만 그들의 합공은 서로의 모자란 부분을 완벽히 채워주고 있었다. 그러나 진무원은 그들의 합공 속에서도 자유롭게 움직이고 있었다.

저간새 무백을 빌닉이며 표표히 걸음을 움직이는 모습이 마치 산책이라도 나온 사람 같았다. 잡을 수도, 구속할 수도 없는 그의 자유로운 모습에 무진은 자신도 모르게 탄성을 내뱉었다.

특별한 절학을 펼치는 것도 아니고 틀이 잡힌 보법을 펼치는 것도 아닌데 공동파의 일대제자 중 누구도 그의 몸에 손가락 하나 대지 못하고 있었다.

무진이 자신도 모르게 중얼거렸다.

"마치 바람 같구나."

자신이 상대해야 할 적에게 감탄하긴 이번이 처음이었다.

*   *   *

멀리서 지켜보던 윤서인이 눈을 부릅떴다. 그녀의 사형제
여섯 명이 합공하면서도 진무원의 옷자락 하나 건드리지 못
하는 모습이 큰 충격을 안겨주었기 때문이다.

"어떻게 저럴 수가 있죠?"

"강호는 넓고 자신을 드러내지 않은 기인이사들이 즐비합
니다. 진정한 강자 중에는 세상과 담을 쌓고 평범하게 지내는
사람도 상당수 있습니다. 그래서 노태태께서는 항상 평범하
게 보이는 사람들을 더 경계하셨습니다."

"그럼 그가 기인이사란 말인가요?"

"……."

공진성은 대답하지 않았다. 아니, 대답할 수 없었다. 그 역
시 이제까지 진무원을 어느 정도 우습게 봤기 때문이다.

'황 보표의 말이 사실이었구나.'

황철이 그랬다. 자신과는 비교할 수도 없는 조카가 있다
고. 그때는 그 말을 흘려들었다.

'황 보표의 가문이 어디였지?'

그러고 보니 황철에 대해서 제대로 아는 것이 거의 없었다.

그저 수많은 보표 중의 한 명으로만 생각해서 그다지 신경 쓰지 않은 것이 사실이다.

설마 진무원이 저렇듯 무서운 존재일 줄은 꿈에도 몰랐다. 공동파의 일대제자를 상대하려면 그 역시 단단히 각오를 해야 한다. 명문정파의 일대제자라는 이름이 갖는 무게는 그만큼 대단한 것이었다.

그런 공동파의 일대제자가 한두 명도 아니고 무려 여섯 명이나 합공하고도 진무원의 옷자락 하나 건드리지 못했다는 사실은 그에게 엄청난 충격이었다.

"이놈! 멈추지 못하겠느냐?"

"챠핫!"

무해와 무월 등이 진무원을 몰아붙였지만 소용없었다. 구석에 몰렸다가도 진무원은 발걸음을 몇 번 옮기는 것만으로 포위망을 가볍게 빠져나왔다.

"어떻게 저럴 수가 있지?"

공동파의 일대제자라면, 더구나 그들의 서열을 생각한다면 최소 일류 이상의 고수였다. 더구나 무해나 무월은 검기를 쓸 수 있는 절정의 고수였다.

그런데도 진무원의 옷자락 하나도 건드리지 못하고 있다. 그 말은 곧 진무원이 그들보다 월등한 실력을 가지고 있음을 의미했다.

더구나 진무원은 검도 꺼내지 않고 있다. 가끔 그가 손가락을 찌르는 시늉을 할 때마다 공동파의 일대제자들은 소스라치게 놀라며 뒤로 물러나기 일쑤이다.

공진성은 그들의 반응을 이해할 수가 없었다. 그의 수준으로는 그들 사이에 일어난 공방전의 진실을 꿰뚫어 볼 수가 없었기 때문이다.

어느 순간 진무원의 눈빛이 변했다. 그의 전방위 감각에 무언가 움직임이 감지되었기 때문이다.

'기어코……'

그가 기다리던 순간이다. 하지만 때를 놓친다면 천추의 한을 남길 수도 있는 일이었다.

순간 공동파의 일대제자들은 주위의 공기가 싸늘하게 변하는 것을 느꼈다. 갑자기 소름이 돋았다.

진무원이 처음으로 멈춰 섰다. 그러자 공동파의 일대제자들이 이때다 싶어 일제히 달려들었다. 검기와 권풍이 진무원을 향해 일제히 들이닥쳤다.

그 순간 무진이 외쳤다.

"안 돼! 모두 물러나라!"

그러나 무해 등은 그의 말을 듣지 않았다. 그들의 눈에는 반드시 진무원을 죽이겠다는 살의만이 가득했다.

'반드시 놈을 죽여야 한다.'

살의가 공격에 그대로 담겼다.

추혼멸살(追魂滅殺), 황룡살천(黃龍殺天)의 살기 어린 초식이 진무원의 전신을 난도질할 듯 날아왔다. 그들은 이번 공격으로 진무원을 갈가리 찢어 죽일 수 있을 거라 자신했다.

그때였다. 이제껏 피하기만 하던 진무원이 갑자기 그들을 향해 달려들었다.

퍼버벅!

그들의 공격이 진무원의 검집에 막혔다. 그들이 잠시 주춤하는 찰나 진무원의 수도(手刀)가 가슴과 목 등을 강타했다. 멸천마영검의 일초식인 유성혼(流星魂)을 손으로 펼친 것이다.

"크헉!"

"윽!"

그들이 비명과 함께 바닥을 나뒹굴었다. 진무원이 악독한 마음을 먹었다면 그들은 죽은 목숨이었다.

검으로 펼치는 위력에 감히 비할 수는 없었지만 그 정묘함만큼은 결코 뒤지지 않았다. 적암산에서 칠 년의 고련은 결코 헛된 것이 아니었다.

무해 등은 뇌가 진탕되어 움직일 수가 없었다. 사물이 막 두 개, 세 개로 겹쳐 보이고 헛구역이 올라왔다.

"우웩!"

몸을 일으키려 해도 손발에 힘이 들어가지 않아 꼼짝을 할 수가 없었다.

그사이 진무원이 그들을 뛰어넘었다.

"멈춰라!"

그 뒤를 무진이 따라왔다.

스릉!

어둠 속에서 무진의 죽문검이 모습을 드러냈다.

쉬아악!

죽문검이 어둠 속에서 찬연한 빛 무리를 토해냈다. 공동파의 절학인 복마검(伏魔劍)의 절초 중 철극광휘(鐵極光輝)의 초식이 펼쳐진 것이다.

마치 죽문검이 수십 개로 분열해 공격해 오는 것 같았다. 어느 것이 허초이고 어느 것이 실초인지 분간을 할 수가 없을 지경이다.

카앙!

하지만 진무원은 설화를 검집째 휘둘러 무진의 공격을 막아냈다. 어둠 속에서도 정확하게 진체(眞體)를 감지한 것이다.

격돌의 충격으로 무진의 몸이 순간적으로 흔들렸다. 진무원은 그 틈을 놓치지 않고 몸을 날렸다.

"감히 나를 상대로 도주하겠다는 것인가?"

무진의 살기가 증폭했다. 그가 등을 보이고 달려가는 진무원을 쫓았다.

"챠핫!"

그가 검을 휘두르자 눈부신 빛 무리가 진무원을 향해 날아갔다. 검기를 날린 것이다. 하지만 진무원은 마치 뒤통수에 눈이 달리기라도 한 것처럼 뒤돌아보지도 않고 그의 공격을 모두 피해냈다.

"놈!"

무진이 공력을 끌어올려 공동파 비전의 경공술인 비봉신법(飛鳳身法)을 펼쳤다. 마치 봉황이 하늘을 날아가듯 무진의 양팔이 활짝 펼쳐지는가 싶더니 무서운 속도로 진무원과의 거리를 좁혀갔다.

그가 진무원의 등을 향해 검을 휘둘렀다. 하지만 진무원은 이번에도 뒤돌아보지 않고 설화를 흔들어 그의 공격을 모조리 막아냈다.

카카캉!

어둠 속에서 불꽃이 튀고 진무원의 몸이 흔들렸다. 하지만 그는 단 일 검도 허용하지 않았다.

분노한 무진이 노성을 내뱉었다.

"계속 도주만 할 생각이냐? 자존심도 없는 건가?"

그가 죽문검에 공력을 주입했다.

우웅!

한계까지 공력을 받아들인 죽문검이 검명을 토해냈다.

벽력쇄혼(霹靂碎魂).

복마검의 최절초 중 하나이다. 몸 안의 기운을 다섯 개로 나누었다가 다시 새끼줄처럼 하나로 꼬아 응축시켜 발출하는 이 수법은 그야말로 영혼마저 분쇄할 정도로 극악한 위력을 지니고 있었다.

무진이 진무원을 향해 벽력쇄혼을 펼쳤다. 그러자 가공할 음기가 응축된 검기가 진무원을 금방이라도 난도질할 듯 날아갔다. 이번에는 진무원도 무진의 검기를 피할 방법이 없어 보였다.

무진의 기대처럼 진무원도 더 이상 피할 방법이 없었는지 뒤돌아섰다.

쉬아악!

음기가 응축된 검기가 덮치는 찰나 설화를 든 진무원의 손이 기묘하게 움직였다. 벽력쇄혼의 검기를 검집으로 부드럽게 받는가 싶더니 살짝 옆으로 흘려보낸 것이다.

옆으로 흘러간 검기가 근처 건물 벽을 강타했다.

쾅!

"이화접목(移花椄木)?"

무진의 눈동자가 흔들렸다.

종류가 다른 꽃을 나무에 접목시키듯 상대의 공격을 다른 곳으로 돌리는 수법이 바로 이화접목이다. 절정에 이른 고수라면 누구나 사용할 수 있었다.

하지만 그것은 어디까지나 인간의 육체를 이용한 공격에나 해당되는 것이지, 검기처럼 무형의 공격을 이화접목의 수법으로 돌릴 수 있다는 소리는 단 한 번도 들어본 적도, 상상해 본 적도 없었다.

특히 무진처럼 절정을 넘어서 초절정을 향하고 있는 고수의 공격을 이화접목으로 흘려보낸다? 도대체 얼마나 공력의 운용이 정밀해야 가능한 일인지 무진으로서는 감히 상상도 할 수 없었다.

진무원은 더 이상 도주하지 않았다. 그는 숨결 하나 거칠어지지 않은 얼굴로 무진을 바라봤다.

무진은 전신에 소름이 돋는 것을 느꼈다. 그제야 진무원이 자신의 상상보다 훨씬 더 엄청난 검객이라는 사실을 깨달은 것이다.

순간 머릿속에 떠오르는 의문 하나.

'이런 자가 비겁하게 무해 사제 등을 기습했다고?

무진의 상식으로는 도저히 이해가 가지 않는 일이었다.

진무원은 무진을 보고 있지 않았다. 무진의 시선이 자연스럽게 진무원을 따라 움직였다.

그의 시선이 향한 곳은 바로 자신의 검기가 강타한 건물의 벽이었다. 건물 벽은 그의 공격을 이기지 못하고 반쯤 허물어져 내부가 그대로 보였다. 그리고 그 사이로 상상치도 못한 이들의 모습이 보였다.

검을 든 채 당황한 표정을 짓고 있는 이는 바로 설궁이었다.

무진은 이해할 수가 없었다. 설궁이 도대체 왜 이 자리에 있는 것인지 이해가 되지 않는 것이다. 그의 시선이 자연스럽게 설궁의 맞은편에 있는 이들에게 향했다.

곽문정이 양팔을 벌린 채 누군가를 보호하듯 등지고 있다. 그들의 얼굴을 확인하는 순간 무진의 목소리가 절로 떨려 나왔다.

"무, 무궁 사제?"

무궁(武窮), 이제는 잊힌 함지평의 옛 도명이다.

곽문정이 보호하고 있는 이들은 바로 함지평 부녀였다. 그리고 이곳은 남해객잔이다.

"무진 사형."

무진을 바라보는 함지평의 눈에서 뜨거운 눈물이 흘러내렸다.

"무궁 네가 어떻게 여기에……."

무진이 진무원도 잊고 함지평을 향해 걸음을 옮겼다.

*   *   *

무진이 설궁에게 물었다.

"이게 어떻게 된 일이냐?"

설궁은 어떠한 대답도 하지 못했다. 아니, 할 수가 없었다.

함지평을 죽이기 위해 왔다는 사실을 어떻게 말한단 말인가? 원래 그들의 계획은 무해와 무월 등이 무진과 함께 진무원을 제압하는 사이 설궁이 함지평 부녀를 죽이는 것이었다.

그들에겐 반드시 함지평 부녀를 죽여야 할 이유가 있었고, 그 사실은 절대로 비밀이어야 했다.

함지평을 죽이는 것은 그리 어려운 일이 아니었다. 그는 이미 모든 무공을 상실했고, 어떠한 대항 수단도 없었으니까. 그런데 뜻밖에도 곽문정이 모녀를 지키고 있었다. 그 때문에 시간을 지체했고, 그사이 벽이 무너졌다.

설궁에겐 불행이었고, 함지평에겐 행운이었다.

무진은 설궁이 대답하지 못하자 이번에는 함지평에게 물었다.

"무궁 사제, 이게 어떻게 된 일이냐? 네가 왜 여기에 있단 말이냐? 내가 너를 얼마나 찾았는데."

"저도… 보고 싶었습니다, 무진 사형."

함지평이 뜨거운 눈물을 계속 흘렸다. 영문을 모르는 함소령도 덩달아 울었다.

무진은 이해할 수가 없었다. 그가 가장 아끼는 사제가 바로 함지평이었다. 함지평도 무진을 친형처럼 따랐다. 그런데 그가 폐관 수련에 들어간 사이 함지평이 감쪽같이 공동파에서 사라졌다.

주화입마에 걸려 사제들을 공격했다가 파문당했다고 했다. 무진은 그 사실을 믿을 수가 없었다. 아무리 파문을 당했다 해도 최소한 자신에겐 그 사실을 알려줘야 했다. 자신과 함지평과의 관계를 조금이라도 배려했다면 말이다.

모두가 약속이라도 한 것처럼 입을 다물었고, 그 이후 무진은 함지평을 두 번 다시 볼 수 없었다.

설궁과 함지평을 보는 순간 무진은 무언가 잘못되었단 사실을 알아차렸다.

설궁을 바라보는 무진의 눈에 살기가 어렸다.

"말하라. 무슨 일인지."

"사, 사형?"

"말하라 했다."

"저, 저는 아무것도 몰라요. 무해 사형이 시키는 대로 했을 뿐이에요."

설궁은 필사적으로 변명했다. 무진의 살기는 그의 오금을

저리게 만들었다. 그 때문에 온몸이 마치 사시나무처럼 떨렸다.

"무해가?"

무진의 시선이 밖에 널브러져 있는 무해에게 향했다. 그때 진무원이 나섰다.

"십오 년 전 당신의 사제는 그 재능을 질투한 다른 사형제들에게 공격을 당했습니다. 그 결과 무공을 잃고 공동파에서 쫓겨났습니다."

"거짓말하지 마라. 공동파는 규율이 엄격한 곳이다. 그런 일은 절대 일어날 수 없다."

무진이 진무원의 말을 부인했다.

그때 함지평이 무진에게 다가왔다.

"그의 말은 모두 사실입니다, 무진 사형."

"어떻게 그것이 가능하단 말이냐? 장문인께서 아셨다면 절대로 가만있으셨을 리 없다."

"장문인은 그 사실을 모르고 계실 겁니다. 사형이 폐관 수련하고 계실 때 오음신검을 전수해 주고 계셨을 테니까요."

"그럼?"

"태현 사숙이 그리 결정하셨습니다."

"태현… 사숙이?"

무진의 목소리가 절로 떨려 나왔다. 태현 도장이라면 그의 사부이자 장문인인 태월 도장의 사제이고 무해의 사부이다.

"제가 무공을 잃은 것은 사실 우발적으로 일어난 일이었습니다. 무해 사형도 그런 결과가 일어날 줄 몰랐던 게지요."

공동일수를 놓친 무해는 홧김에 함지평을 거칠게 대했고, 그들의 말싸움은 결국 주먹다짐으로 번졌다. 그 자리에는 무월을 비롯한 몇몇 사제가 더 있었는데 결국 모두의 싸움으로 커졌다.

"결국 그 싸움에서 단전을 크게 다쳤습니다. 무공을 모두 잃은 거지요. 태현 사숙이 그러더군요. 너 하나만 조용히 있으면 모두가 괜찮을 거라고. 그러니까 이대로 공동산을 내려가라고."

함지평에겐 태현의 말을 거역할 힘이 없었다. 그는 공동산을 쓸쓸히 내려와야 했고, 그 후로 감히 공동파에 접근할 엄두를 낼 수 없었다.

"어찌 그럴 수가! 어찌 태현 사숙이 그럴 수가……!"

태현 도장은 장문인과 다른 장로들에게 함지평이 주화입마를 당한 후 사제들을 공격해 어쩔 수 없이 축출했다고 말했다. 그것이 벌써 십오 년 전의 일이다.

지난 세월 함지평은 공동산 근처에는 얼씬거리지도 않았다. 혹여나 후환을 두려워한 태현 도장과 무해 등의 위협이 두려웠기 때문이다. 하지만 세월이 흐른 후 함지평은 공동산 근처인 이곳으로 이사를 왔다. 이젠 억울함을 풀고 싶었기 때문이다.

그는 이곳에서 객잔을 하면서 무진을 만날 기회만 노렸다. 하지만 무진보다 무해가 먼저 그를 발견했고, 이 사달이 벌어지게 된 것이다.

설궁이 무진 앞에 급히 무릎을 꿇었다.

"사형, 저는 아무런 잘못이 없습니다. 무해 사형이 시키는 대로 했을 뿐입니다."

그는 머리를 바닥에 찧으며 자신의 무고함을 고했다. 하지만 그를 바라보는 무진의 눈빛은 서늘하기만 했다.

"결국 이 모든 일이 무해와 너희가 살인멸구하기 위해 벌인 일이란 말이구나."

"사형, 용서해 주십시오. 저는 정말 아무것도 몰랐습니다."

설궁이 필사적으로 해명했다.

아무리 머리를 굴려도 지금은 대항하기보다는 변명을 하는 것이 옳았다. 자신은 십오 년 전의 사건과 관련이 없으니 잘만 변명하면 별 탈 없이 무사할 수 있을 것 같았다.

'이번만 넘기면 된다. 태사숙께서 나를 점찍은 이상 더 큰 추궁은 하지 못하리라.'

설궁의 눈동자가 교활하게 움직였다. 하지만 설궁은 몰랐다. 그런 자신의 모습을 무진이 뚫어지게 바라보고 있다는 사실을.

무진이 허탈하게 웃으며 하늘을 올려다봤다.

"허허! 나는 허수아비에 불과했구나. 눈과 귀가 가려진 것도 모른 채 무공만 익힌 바보였어."

그가 얼마나 우습게 보였으면 사제란 놈들이 작심해서 이런 일을 벌였을 것이고, 십오 년이란 긴 세월을 은폐해 왔을 것인가.

무진의 시선이 함지평에게 향했다.

"고생이 많았겠구나."

"사형."

무진의 그 한마디에 함지평은 십오 년 동안 가슴에 맺혀 있던 응어리가 풀리는 것을 느끼며 제자리에 주저앉아 흐느끼기 시작했다.

"으앙! 아빠, 울지 마."

함소령이 덩달아 눈물을 흘렸고, 부녀는 부둥켜안은 채 한참을 흐느껴 울었다.

진무원과 무진은 그 모습을 묵묵히 지켜보았다.

무해와 무월이 제정신을 차렸을 때 제일 먼저 본 광경은 자신을 서늘한 눈빛으로 내려다보는 무진과 그 곁에 서 있는 함지평 부녀의 모습이었다.

'아뿔싸! 일이 틀어졌구나.'

그들은 본능적으로 일이 잘못되었음을 깨달았다.

무해와 무월이 급히 일어나 무릎을 꿇으며 말했다.

"사형, 오햅니다. 제가 설명하겠습니다."

"그렇습니다. 무슨 말을 들으셨건 그들의 말을 믿으시면 안 됩니다."

그들은 필사적으로 설명했다. 하지만 이미 진실을 알고 있는 무진에게는 구차한 변명으로 들릴 뿐이었다.

"내 너희가 이리도 잔악무도한 줄 이제야 알았구나."

"사, 사형."

무해의 목소리가 절로 떨려 나왔다.

그가 세상에서 제일 두려워하는 이가 바로 사형 무진이었다. 이제까지도 그가 알까 봐 노심초사했고, 결국 이 사달을 벌인 것도 무진이 알까 두려워서였다.

대사형 무진은 공과 사의 구별이 철저했고, 자신의 사형제들일지라도 잘못을 하면 추호의 용서도 없었다. 그래서 무진이 이곳에 따라온다 했을 때 얼마나 놀랐는지 모른다. 오죽 두려웠으면 자신들이 시선을 끄는 사이 설궁에게 함지평 부녀를 암살하라 지시했을까.

"공동산으로 돌아가면 네놈들은 처벌을 받을 것을 각오하거라. 감히 나를 기만하고, 장문인을 기만했으며, 공동과 전체를 기만했으니까."

"사형, 제발 용서를……."

무해와 무월은 무진의 자비를 구했지만 소용없었다. 무진
은 이미 그들의 이야기를 듣고 있지 않았다.

그들이 이제까지 쌓아온 모든 것이 무너지는 환상이 보였
다. 공동파의 일대제자라는 명예도, 몇 년 후면 당연히 그들
의 것이 될 거라 믿고 있던 장로직도, 그리고 이대제자들의
존경마저도…….

무해와 무월이 순간적으로 시선을 교환했다. 그리고 마음
이 통했다.

"제길!"

"죽어랏!"

두 사람이 벼락처럼 무진을 기습했다. 누구도 예상치 못한
순간에 이뤄진 기습이었다.

복마장(伏魔掌)과 칠상권(七傷拳). 모두 공동파의 진신 절학
으로 무해와 무월의 비장의 수법이기도 했다.

"결국!"

예상치 못한 기습이었지만 무진은 놀라지 않았다. 진실을
모두 알게 된 그 순간 어쩌면 이럴 수도 있겠다는 생각을 했
기 때문이다.

쉬가악!

그의 허리춤에 걸려 있던 죽문검이 섬전처럼 뽑혀 나와 허공에 한 줄기 선을 그었다.

"크악!"

"컥!"

무해와 무월의 공격은 무진의 몸에 닿지도 못하고 비명을 내질렀다. 그런 그들의 어깨에는 긴 자상과 함께 피분수가 터져 나오고 있었다. 무진의 검이 먼저 상처를 남긴 것이다.

"감히 너희 정도의 실력으로 내 몸에 상처라도 낼 수 있을 줄 알았더냐? 독할 뿐 아니라 미련하기까지 하구나!"

무해가 어깨의 상처를 부여잡으며 원독 어린 눈으로 무진을 노려보았다.

"흐흐! 그러는 사형은 뭐가 그리 똑똑하시오? 그 잘난 무공외에는 아무것도 할 줄 아는 게 없지 않소."

"그래서 나를 기만한 것이냐?"

"그렇소! 무공이야 사형을 따를 수 없으니 장문인 자리는 물 건너간 것! 그러니 다른 영광이라도 얻어야 하지 않겠소! 그런데 저놈 무궁이 방해가 되었지!"

무해의 시선이 함지평을 향했다.

자신보다 나이도 어린 주제에 뛰어난 재능과 넉넉한 마음가짐을 가졌다. 가만 놔두면 자신의 자리까지 위협할 재목이었다. 공동일수를 뽑는 비무대회에서 패배한 뒤 그의 생각은 더욱 확고해졌다.

"허! 그래서 일부러 시비를 걸고 무공까지 폐한 것이냐?"

"그랬소. 어쩔 것이오? 나를 죽이기라도 할 것이오?"

"아니. 나는 너를 죽이지 않을 것이다. 이대로 산으로 데려가서 심판을 받게 할 것이다."

"그러면 사부께서 가만있지 않을 것이오. 제발 이쯤에서 덮읍시다. 내 성심을 다해 사형을 보필하겠소. 일대제자 중에 나를 지지하는 이가 상당수요. 사형도 장문인이 되어서 일을 제대로 처리하려면 그들의 도움이 필요하지 않소."

"그러니까 너와 거래를 하자 그 말이냐?"

"누이 좋고 매부 좋은 일이오. 사형에게도 이득이 되었으면 되었지 절대 손해 보는 일이 아니란 것을 잘 알고 있을 것이오."

무해의 말이 무진을 절망의 구렁텅이로 밀어 넣었다.

'아! 공동파가 이리도 썩었다니 난 정말 무공 외엔 아무것도 모르는 바보였구나.'

무진의 가슴에 피눈물이 흘러내렸다. 그가 피가 나도록 입술을 깨물었다.

"내 명예와 무궁의 명예를 걸고 말하겠다. 나 무진은 십오 년 전의 사건에 관한 진실을 모두 파헤쳐 무궁의 명예를 회복할 것이며, 그에 연루된 모든 자에게 그에 합당한 벌을 내릴 것이다."

그의 선언에 무해와 무월 등의 얼굴이 하얗게 질렸다.

*   *   *

무진은 무해와 무월 등의 혈도를 제압해 남해객잔의 지하실에 가두었다. 설궁이 억울하다고 절규했지만 무진은 그의 말을 들은 척도 하지 않았다.

전서구를 띄웠으니 내일 아침이면 공동파의 집법당에서 무인들이 내려와 그들을 압송해 갈 것이다.

무진은 함지평 부녀와 함께 밤을 새우며 그간 있던 일을 이야기했다. 무진은 함지평 부녀가 겪은 일을 들으며 같이 안타까워하며 눈물을 흘렸다.

함소령은 함지평의 곁에서 보조를 맞춰 설명하며 재잘거렸는데, 그 모습이 보통 영특해 보이는 것이 아니었다.

"소령이는 몇 살이냐?"

"올해 열두 살이에요."

"그래?"

무진의 눈이 빛났다.

명문에서 열두 살이라면 조금 늦은 감이 없지 않지만, 그래도 일반적으로는 무공을 익히기엔 적합한 나이였다. 무재야

차차 알아보면 되겠지만 눈빛이 또랑또랑한 것이 여간 똑똑해 보이는 것이 아니었다.

거기다 그가 유독 아끼던 함지평의 딸이라는 사실이 더욱 마음에 들었다. 무공에만 집중하다 보니 이제껏 제자 한 명 받아들이지 못했다.

여자라서 기명제자는 힘들지 몰라도 무기명제자로 받아들이는 것 정도는 불가능한 일이 아닐 것 같았다.

하지만 무진은 자신의 생각을 드러내지는 않았다. 우선은 공동파로 돌아가 시시비비를 가려야 했다. 제자를 받아들이는 것은 그 후의 일이었다.

'힘들겠지. 쉽지 않을 거야.'

사숙인 태현 도장을 비롯한 장로들의 반발도 적지 않을 것이고, 무해를 따르는 다른 사형제들의 방해도 만만치 않을 것이다. 그래도 해야만 했다. 그렇지 않고서는 공동파의 미래는 존재하지 않을 테니까.

"그동안 고생 많았다. 이제부터는 나에겐 맡겨두고 너흰 푹 쉬거라. 내일 공동산에 올라야 하니 많이 힘들게다."

무진이 함소령의 머리를 쓰다듬어 준 후 자리에서 일어났다. 함지평이 의아한 표정을 지었다.

"일어나시렵니까?"

"더 이야기하고 싶지만 당장 해야 할 일이 있다."

거센 바람이 분다고 모두가 고개를 숙이는 것은 아니다 177

"사형?"

"은과 원은 확실히 해야 하는 법."

함지평의 얼굴이 딱딱하게 굳었다. 그제야 무진의 생각을 알아차린 것이다.

"하지만 그는……."

"죽문검은 공동파의 상징이다. 죽문검을 부러뜨린 것은 공동파의 자존심은 짓밟은 것이나 다름없다."

무진은 공동파의 자존심이라 불렀다. 공동파라는 이름 역시 무진에겐 무한한 자부심이었다. 그의 모든 것은 공동파에서 나온 것이었고, 그렇기 때문에 공동파의 명예에 조그만 흠집이라도 가는 일은 용납할 수 없었다.

"쉬고 있거라."

함지평은 무진의 말을 감히 거역할 수 없었다.

무진은 함지평 부녀를 뒤로하고 밖으로 나왔다. 남해객잔 주위는 어두웠다. 간밤의 소란이 있었는데도 마을 사람들은 물론이고 보표들조차 접근하지 않고 있었다.

윤서인과 공진성이 모두의 출입을 엄금한 탓이다. 덕분에 보표들은 공동파 내부에서 어떤 분란이 일어난 것인지 제대로 알지 못했다.

'그 아이에게 감사해야겠군.'

어쨌거나 공동파 내부의 알력과 그로 인한 치부가 외부로 알려지는 것은 그리 달가운 일이 아니었다.

무진이 기감을 끌어올렸다.

문득 그의 입매가 뒤틀렸다.

저 어둠 너머 그의 존재감이 느껴졌다. 그곳을 향해 무진이 걸음을 옮겼다. 선착장 반대쪽 공터 쪽이다.

남해객잔으로부터 백여 장 떨어진 그곳에 진무원이 서 있었다. 마치 무진이 올 것을 미리 알고 있는 것처럼.

무진이 물었다.

"기다리고 있었던가?"

진무원이 말없이 고개를 끄덕였다.

무진이 다시 물었다.

"내가 올 줄 어찌 알고?"

"도장 같은 성격을 가진 사람을 알고 있습니다."

"그래?"

"도장처럼 자신의 이름보다 문파의 이름을 더 앞에 놓는 사람입니다. 그런 사람들 특징이 자신이 모욕당한 것은 참아도 문파가 모욕당한 것을 참지 못하더군요."

"잘 알고 있군. 맞네. 내가 그런 사람일세. 고지식하고 완고하지. 그래서 남들처럼 적당히 타협할 줄도 모른다네."

무진이 고개를 끄덕였다.

그가 죽문검을 어루만지며 말을 이었다.

"이유야 어쨌거나 자네는 공동파의 일대제자들에게 상해를 가하고 신물인 죽문검을 부러뜨렸네. 나는 그것을 결코 용서할 수가 없다네."

"그로 인해 문파 내부의 비리를 처단할 수 있게 되었어도 말입니까?"

"그것은 공동파 내부의 일일세. 외인인 자네가 간섭할 일이 아니지."

"역시!"

진무원이 피식 웃었다. 이미 예상한 대답이었기 때문이다.

무진이 갑자기 진무원에게 포권을 취했다.

"공동파의 일대제자 무진이 검객 진무원에게 대결을 청한다. 승부가 어떻게 나든 우리의 은원은 이것으로 잊을 것이다. 나의 도전을 받아주겠는가?"

무진도 그를 향해 마주 포권을 취했다.

"소생 진무원, 무진 도장의 청을 받아들여 검객 대 검객으로 승부를 겨루겠습니다. 승부가 어찌 되든 더 이상 원한을 갖지 않을 것을 맹세합니다."

"음!"

무진이 고개를 끄덕이며 죽문검을 꺼냈다.

스릉!

어둠 속에서 죽문검이 시퍼런 몸신을 드러냈다.

진무원의 손에서 작은 떨림이 느껴졌다. 마치 설화가 자신을 왜 뽑지 않느냐고 앙탈하는 것 같았다.

진무원이 설화의 부름에 응했다.

먹물처럼 새까만 검신이 모습을 드러내는 순간 무진은 가슴이 진탕되는 것을 느꼈다. 설화가 그의 심령을 온통 뒤흔들어 놓은 것이다.

"그 검, 일반적인 검이 아니군."

"설화라고 합니다. 제가 만들었지요."

"그런가? 대단하군."

무진이 감탄하며 공력을 끌어올렸다. 그러자 죽문검이 검명을 터뜨렸다.

오음신검(五陰神劍).

공동파의 장문인에게만 전해져 오는 공동파의 비전 검공이 세상에 처음으로 모습을 드러내는 순간이다.

"그럼 가지."

팍!

마지막 말이 채 끝나기도 전에 무진이 진무원의 코앞에 모습을 드러냈다. 극성에 이른 비봉신법이었다.

쉬아앙!

그의 검이 지나간 자리에 홍선이 생겨났다.

오음신검 제일초 음월단천(陰月斷天)이었다.

그의 일 초에 진무원의 몸이 상하로 잘려 나갔다. 아니, 잘려 나간 것처럼 보였다.

무진의 표정은 더욱 차갑게 변했다. 손에 걸리는 느낌이 아무것도 없었기 때문이다.

'어느새?'

그가 벤 것은 진무원의 환영이었다. 그가 움직이는 순간 진무원도 움직인 것이다. 단지 너무 빨리 움직여 그 환영이 남아 있었을 뿐이다.

'어디냐?'

무진의 기감이 진무원을 추적했다. 그가 왼발을 축으로 회전하며 반대편을 향해 검을 휘둘렀다. 그러자 다섯 줄기의 검기가 일어나 날아갔다.

오음신검 제삼초인 오음홍화(五陰紅花)였다.

그 모습이 허공에 마치 다섯 개의 붉은 꽃이 피는 것 같았다. 하지만 무진이 피워낸 꽃은 진무원이 설화를 흔드는 순간 허무하게 사그라졌다.

진무원은 이 싸움을 길게 가져갈 생각이 없었다.

'속전속결.'

쉬악!

마치 수면을 스쳐 나는 제비처럼 진무원이 허리를 바싹 숙인 채 무진을 향해 달려왔다.

설화를 잡은 손에 힘이 들어갔다. 그에 반응해 설화가 나직이 몸을 떨었다. 그러자 진무원 주변의 어둠이 더욱 짙어졌다.

그 모습에 무진이 눈을 빛냈다.

'피하지 않겠다.'

어둠 너머 달려오는 진무원의 기파가 생생하게 느껴진다.

진무원이 무진을 향해 검을 휘둘렀다. 그러자 한줄기 유성이 피어올랐다.

멸천마영검 제일초식인 유성혼이 검을 빌려 세상에 모습을 드러낸 것이다. 그러나 무진도 가만있지는 않았다.

"천검일조(天劍一照)."

오음신검은 모두 칠 초식. 그중 오초식이었다. 현재 무진이 익힌 최고의 초식이며, 가장 극강의 위력을 가지고 있다는 평가를 받는 것이 바로 천검일조였다.

우웅!

공기가 공명하는가 싶더니 죽문검에서 푸른빛이 터져 나와 검의 형체를 이뤘다.

검을 익힌 무인이라면 꿈에서도 성취하길 바라 마지않는 검강(劍罡)이었다.

"챠핫!"

무진의 기합성이 어둠 속에 울려 퍼졌다.

그리고…….

쩌엉!

그들이 부딪쳤다.

5장

검객은 검으로 말하고,
장인은 쇠로 말한다

푸욱!

부러진 검편이 바닥에 박혔다.

"허!"

누군가의 탄식과 절망이 바람에 흩어졌다. 그가 자신의 부
러진 검을 망연히 바라보았다.

무진이었다.

죽문검이 두 동강이 났다.

"어찌…… 검강까지 펼쳤건만……."

분명 진무원의 검에서는 그 어떤 예기도, 기운도 느껴지지

않았다. 그런데도 검강을 펼친 검이 두 동강이 났다.

그의 상식으로는 이해할 수 없는 일이었다.

그가 고개를 들어 앞을 바라봤다. 진무원이 설화를 그의 목에 대고 있다. 완벽한 패배였다.

"어떻게 된 건가? 어찌 검강이……."

"검강은 기를 외부로 발출해 응축하는 기법. 저는 반대로 기운을 갈무리해 밀도를 극한으로 높였습니다."

"밀도의 차이라는 건가?"

"제 관점에서는… 그렇습니다."

"그런가? 납득할 수는 없지만 패배는 인정하겠다."

무진이 이를 악물었다. 그의 어깨가 안쓰럽게 떨리고 있다.

진무원이 설화를 거둬들였다. 그러자 설화가 아쉽다는 듯이 몸을 떨었다.

무진이 하늘을 향해 탄식을 터뜨렸다.

"겨우 이런 실력으로 기고만장했단 말인가? 부끄럽구나, 무진아. 상대의 일 초도 버티지 못하다니."

진무원은 그런 무진의 모습을 묵묵히 바라보았다. 이런 때는 섣부른 위로보다는 차라리 말없이 지켜보는 것이 더 낫다는 것을 알고 있기 때문이다.

무진이 다시 진무원을 바라봤다.

"하나 명심하게. 이것은 오로지 나의 패배일 뿐 공동파의 패배가 아니란 것을."

"알고 있습니다."

"이것으로 자네와의 은원은 모두 끝내겠다."

"감사합니다."

"나는 이 모든 일을 해결한 후 폐관에 들 것이다. 그 후 다시 자네에게 도전할 것이다. 그러니 북쪽에서 온 검객이여, 훗날 나의 도전을 받아주겠는가?"

"기꺼이 받아들이겠습니다."

"고맙군."

무진이 착잡한 시선으로 진무원을 바라봤다.

악몽을 꾸고 있는 것 같다. 천하에 이런 검객이 있을 거라고는 생각도 못했다. 자신은 마흔을 훌쩍 넘은 것에 반해 상대는 아무리 잘 봐줘도 겨우 이십 대 중반이었다. 그 나이에 이 정도 성취라니.

'천재라는 건가? 하늘은 정말 불공평하군. 칠소천에 이어 이런 말도 안 되는 존재를 또 내보내다니.'

칠소천은 현 강호 최고의 기재들이다. 그들은 겨우 이십 대 초중반에 무진을 능가하는 성취를 이뤘다.

천품(天品), 즉 하늘이 내린 재능을 타고난 존재들.

그들은 출신 배경 또한 남다르다. 하늘이 내린 재능과 최상의 환경이 결합해 누구도 감히 넘볼 수 없는 성취를 이뤘다.

공동파 최고의 기재라는 무진조차도 따라가지 못할 엄청난 재능과 그를 뒷받침하는 환경. 그래서 질투는 했을지언정 좌절은 하지 않았다.

그들의 존재는 무진에게 큰 자극제가 되었다. 아무리 천품을 타고 태어났어도 조금만 더 노력하면 그들을 따라잡을 수 있다고 생각했다. 칠소천은 환상 속의 존재들 같았지만, 어쨌거나 손만 뻗으면 금방이라도 닿을 것 같았으니까.

그러나 진무원은 그들과 또 달랐다. 마치 손이 닿지 않는 저 아득히 먼 곳에 있는 것 같았다.

'어쩌면 창천의 고성에 비견될 만한 재능일지도⋯⋯.'

무진은 아주 오래전에 만난 한 남자를 떠올렸다. 너무나 뛰어나 질투조차 나지 않던, 시대를 움직인 젊은 무인을.

"휴!"

한숨을 내쉰 무진은 오늘의 패배를 발전의 계기로 삼으리라 다짐했다. 그가 부러진 검편을 집어 들었다.

무진의 눈에 만감이 교차하고 있다. 진무원은 그 모습을 말없이 지켜보았다.

힘든 밤이 지나가고 있었다.

다음 날 아침, 공동파 집법당의 고수들이 내려왔다. 그들은 무해와 무월 등을 포박해 공동산으로 압송해 갔다.

무진이 그들을 따라가기 전에 진무원에게 말했다.

"자네의 사정은 모두 들었네. 운남으로 친인을 찾아간다고?"

"그렇습니다."

"우리 때문에 소중한 하루를 여기서 소모했군. 그 대가라고 하긴 뭐하지만 한 사람을 소개해 주지. 운남성 곤명에 도착하면 삼뇌서생(三腦書生) 하진월을 찾게. 나하고는 오래된 친구 사이지. 워낙 튀는 사내라서 찾는 것은 그리 어렵지 않을 거야. 그에게 내 이름을 대면 분명 자넬 도와줄 거야."

"감사합니다."

무진이 진무원 곁에 서 있는 곽문정을 바라보았다.

"우리 공동파가 너에게 큰 빚을 지었다."

"아니, 저는 아무것도……."

"내가 있는 한 공동파는 너의 은혜를 결코 잊지 않을 것이다. 그리고 언제나 너를 환영할 것이다."

무진의 곁에 있던 함소령이 손을 흔들었다.

"오빠, 꼭 공동파에 들를 거지?"

"반드시 갈게."

"기다릴게."

함소령이 환한 미소를 지었다. 하지만 그녀의 눈에는 어느새 눈물방울이 맺혀 있었다.

진무원은 말없이 그들의 이별을 지켜보았다. 그들의 모습
은 진무원에게 한 사람을 떠올리게 했다.

가슴이 시려왔다.

*   *   *

운마도강선으로 강을 건넌 백룡상단은 관도를 따라 남하
했다.

강을 건넜으면 활기찰 법도 하건만 백룡상단의 분위기는
매우 묘했다. 선두에서 말을 모는 철기당은 물론이고 보표들
의 분위기까지 침체되어 있었다. 정확히 말하자면 그들은 지
금 단 한 사람의 눈치를 살피고 있었다.

그들이 눈치를 보는 대상은 후미에서 마차를 몰고 있는 진
무원이었다. 간밤의 사건은 보표들뿐만 아니라 철기당의 무
인들에게도 큰 충격을 안겨줬다.

어제까지만 하더라도 진무원은 별반 존재감이 없는 식객
에 불과했지만, 하룻밤 만에 사정이 완전히 바뀌었다.

공동파의 일대제자 여섯 명과 차기 장문인이라 할 수 있는
무진을 제압했다. 공동파에서는 그 사실을 쉬쉬했지만 워낙
조그만 마을에서 벌어진 일이었다. 보표들이 그 사실을 못 알

아차린다는 것이 더 이상한 일이었다.

비록 말석이긴 하지만 공동파는 구대문파 중 하나였다. 강호를 질타할 수 있는 무인을 수백 명이나 보유한 거대 세력인 것이다. 진무원이 제압한 무진과 무해 등은 그 수백 명의 무인 중에서도 단연 발군이라 할 수 있는 무력과 재능을 소유했다.

진무원은 그런 자들을 상처 하나 없이 제압했다. 그 말은 곧 그의 무력이 최소 초절정 이상이라는 뜻이다. 보표들은 감히 꿈도 꿀 수 없는 천외천의 경지였다.

당연히 거리감이 생길 수밖에 없었고, 마치 무형의 막이 가로막고 있는 듯 보표들은 진무원의 곁에 다가가길 꺼렸다.

누구보다 충격을 크게 받은 사람은 철기당의 부당주 종리무환과 이번 원행의 책임자인 윤서인이었다.

결과가 어떻게 나오든 종리무환은 진무원이 공동파와 큰 척을 질 거라 예상했다. 하지만 그의 예상과 달리 진무원과 공동파의 사이는 그리 나빠지지 않았다.

모양새야 어떻든 그런대로 잘 봉합된 형국이다.

'그는 번번이 내 예상을 뛰어넘는구나.'

어떤 책사도 마찬가지겠지만 종리무환 역시 자신이 통제할 수 없는 상황을 끔찍하게 싫어했다. 그래서 번번이 자신의 예상을 뛰어넘는 진무원이 부담스럽기만 했다.

윤서인은 종리무환보다 더했다. 그렇게 폭언까지 쏟아부었는데 결국 공동파와의 갈등이 아무런 문제 없이 해결됐다.

더구나 그녀로서는 어려워 말을 붙이기조차 힘든 대사형 무진이 진무원을 인정했다. 그 말은 곧 공동파가 진무원을 인정한다는 뜻이었다.

윤서인의 시선이 진무원의 곁에서 따라가는 곽문정에게 향했다. 그저 어린 보표라고 우습게 봤건만 무진이 그에게 큰 빚을 졌다고 말했다. 그 말은 곧 곽문정이 공동파의 비호를 받는다는 뜻이기도 했다.

'일이 너무 커졌어. 내 선에선 수습이 불가능할 정도로.'

윤서인이 나직이 한숨을 내쉬었다.

이제 와서 사과하기에도 늦었다. 어쨌거나 그녀는 이번 원행의 책임자였다. 모두의 앞에서 사과하는 꼴사나운 모습을 보일 수는 없었다.

그렇게 모두에게 수많은 갈등과 고민거리를 안긴 당사자인 진무원은 정작 편한 표정으로 말을 몰고 있었다. 공동파와의 갈등을 기점으로 자신의 정체성을 확립할 수 있었기 때문이다.

자신이 가야 할 방향을 확실히 정했다. 앞으로도 수많은 갈등과 갈림길을 마주하겠지만, 방향이 확실한 이상 멈추는 일은 없을 것이다.

진무원이 빙그레 미소를 지을 때 곽문정이 말을 몰아 옆으로 다가왔다.

"형!"

"왜 그러냐?"

"아니, 그냥요."

곽문정이 쑥스러운 듯 미소를 지었다. 아직도 그는 흥분이 가라앉지 않은 모양이다.

간밤의 일은 곽문정이란 소년에게 큰 변곡점이 될 것이 분명했다. 곽문정도 본능적으로 그런 사실을 느끼고 있었다.

곽문정이 초롱초롱한 시선으로 진무원을 바라봤다. 그의 눈에는 존경의 염이 가득 담겨 있었다. 진무원은 그런 곽문정의 눈빛이 부담스러웠다.

"왜?"

"존경스러워서요."

"내가?"

"예! 어떻게 무공이 그리 강하세요? 전 정말 형이 그 정도일 줄은 몰랐어요."

황철이 진무원에 대한 이야기를 했을 때만 해도 그리 실감하지 못한 곽문정이다. 허풍도 어느 정도 섞여 있을 거라 생각했다. 하지만 황철의 말은 모두 진실이었다.

진무원은 공동파를 오시할 정도로 강한 무공을 갖고 있었고, 무엇보다 누구보다 강한 마음을 갖고 있었다. 이런 사람을 형이라고 부를 수 있다는 사실이 자랑스러웠다.

그러다 문득 자신의 처지에 생각이 미치자 표정이 금세 시무룩해졌다.

"저는 언제쯤 형처럼 강해질 수 있을까요?"

공동파의 일이 해결된 것은 잘된 일이지만 자신의 역할은 처음부터 끝까지 진무원의 짐에 불과했다. 비록 진무원만큼 강해질 수는 없겠지만 그도 강해지고 싶었다. 그래서 당당한 보표가 되고 싶었다.

진무원이 미소를 지었다. 곽문정의 마음을 이해하기 때문이다.

"문정아."

"예?"

"황숙이 네가 전해준 삼원심법은 보통의 심법이 아니다. 처음엔 익히는 속도가 매우 늦지만 일단 어느 경지에 이르면 매우 빠른 속도로 발전할 수 있다. 그러니 너무 조급해하지 말고 착실히 익히거라."

"예!"

"그리고 한 가지 조언을 해주자면 지금 네가 쓰고 있는 검보다 더 무거운 검을 사용하거라."

"얼마나요?"

"최소 두 배, 차후 익숙해지면 네 배까지 무거운 중검을 사용하거라. 너의 삼원심법에는 무거운 중검이 더 잘 어울린다."

"네! 반드시 그렇게 할게요!"

곽문정은 진무원의 조언에 어떠한 의문도 표하지 않았다. 그는 맹목적일 만큼 진무원을 믿었다.

*   *   *

"여기가 도강언(都江堰)인가?"

눈앞에 펼쳐진 전경에 보표들이 웅성거리기 시작했다. 그들의 눈앞에 거대한 강이 두 갈래로 갈라져 흐르고 있었다. 비취색이 선명한 강의 이름은 민강(岷江)이었다.

성도평원 서부를 흐르는 민강은 본래 하나의 큰 줄기로 이어져 있었는데, 한겨울 서쪽의 높은 산들에 쌓인 눈과 얼음이 녹는 봄이 오면 엄청난 양의 물이 유입되어 홍수를 일으키곤 했다.

그 때문에 백성들이 고통을 받자 진나라 촉군의 태수 이빙이 아들 이랑과 함께 강줄기를 둘로 나누는 대역사를 일으켰다. 일만 명의 인부가 동원되었고, 무려 팔 년이란 시간이 걸려 수로가 완성되었다.

본래 하나이던 강줄기가 외강과 내강으로 나뉘자 비로소 물길이 안정되어 사람이 살 만한 곳이 되었다.

인간의 힘으로 대자연의 흐름을 바꾼 곳, 그래서 사천의 많은 사람이 이곳 도강언을 신성시했다.

공진성이 윤서인에게 말했다.

"도강언에서 성도까지는 이틀이면 충분하니 오늘은 여기에서 쉬고 가겠습니다."

"그렇게 하세요, 공 단주님."

윤서인이 힘없는 목소리로 대답했다.

그에 공진성이 안쓰러운 표정으로 윤서인을 바라봤다.

공동파의 제자들과 진무원의 사건이 있은 후 윤서인은 풀이 많이 죽은 상태였다. 하늘 위에 하늘이 있음을 알게 되었고, 자신이 우물 안의 개구리나 다름없음을 깨닫게 된 것이다.

그 사건이 있은 후 많은 것이 변했다. 그중 가장 큰 것은 진무원과 수뇌부 사이에 보이지 않는 깊은 골이 생겼다는 것이다. 공진성이나 윤서인, 철기당의 입장에서는 진무원과 동행하는 것이 껄끄럽기 그지없는 일이었다.

정작 갈등의 주체인 진무원의 태도엔 변함이 없었다. 공동파의 일대제자들을 물리쳤다면 오만해질 만도 하건만 그는 여전히 똑같이 말을 몰고 노숙을 할 때면 화과를 만들었다.

그에 몇몇 보표가 다시 다가갔지만, 여전히 대부분의 보표는 진무원과 거리를 두고 있었다.

'자신의 잘못을 인정하고 사과를 할 것인지, 아니면 이대로 불편한 관계를 유지할 것인지는 모두 아가씨가 결정해야 할 일. 휴! 힘들구나.'

공진성이 한숨을 내쉬었다.

결국 윤서인의 자존심이 문제였다. 그녀의 자존심이 진무원에게 사과하는 것을 용납하지 않은 것이 지금의 불편한 관계가 된 것이다.

공진성은 일단 윤서인에게서 신경을 껐다. 언제까지나 그녀에게 신경이 분산되어 있을 수는 없었다.

공진성은 도강언에서 가장 큰 객잔에 짐을 풀게 했다. 아직 시간이 이르긴 했지만, 워낙 먼 길을 달려왔기에 보표들에게 충분한 휴식 시간을 주기로 결정했다.

진흥객잔. 백룡상단이 짐을 푼 객잔의 이름이다. 백룡상단은 진흥객잔의 별채 두 개와 객실 열두 개를 모두 빌렸다. 진흥객잔 입장에서는 대박이 난 셈이었다.

보통 보표 서너 명이 방 하나를 사용하는 것에 반해 진무원과 곽문정은 둘만 사용할 수 있는 조그만 방 하나를 배정 받았다. 공진성이 최소한의 배려를 해준 것이다.

별채 한 개는 철기당의 무인들에게 배정하고, 나머지 한 개는 윤서인과 공진성 등 백룡상단의 수뇌부들이 사용했다.

공진성은 수레에 실린 물건을 지킬 최소한의 인력만을 남겨두고 나머지 인원에게 반나절의 휴식을 주었다. 지난 보름 동안 먼 길을 오느라 지칠 대로 지쳐 있던 보표들은 환호성을 질렀다.

잠시간의 휴가를 받은 보표들은 삼삼오오 모여 근처의 환락가를 찾아갔다. 백룡상단이 들어온 그 순간부터 벌써 인근의 기루들은 보표들을 맞이할 준비를 하고 있었다.

진무원도 곽문정과 함께 진흥객잔을 나섰다. 마음은 벌써 운남에 가 있었지만, 상황이 이런데 혼자만 채근할 수도 없는 노릇이었다. 결국 그도 오늘 하루만큼은 마음 편히 즐기고자 마음먹었다.

두 사람은 도강언의 저잣거리를 걸었다. 거리에는 수많은 노점과 상점들이 늘어서 있고, 사람들로 북적거렸다.

상인들은 목소리를 높여서 호객 행위를 하고 있고, 사람들은 물건을 구경하면서 가격 흥정에 여념이 없었다. 사람들의 웃음소리, 고함 소리가 어우러져 마치 흥겨운 놀이판을 보는 것 같았다.

도강언에는 유달리 도사 복장을 한 이가 많이 보였다. 곽문정은 그 이유가 청성파가 근처에 있기 때문이라고 설명해 줬다. 도강언에서 남쪽을 보면 유난히 우뚝 솟은 산이 있는데 그곳이 바로 청성산이었다.

청성산 서른여섯 개의 봉우리에는 여든 개가 넘는 도관이 존재하는데 이들을 뭉뚱그려 청성파라고 일컬었다. 각 도관은 필요에 따라 협력하기도 하고 반목하기도 하지만 공통적으로 청성파라는 이름에 커다란 자부심을 가지고 있었다.

도강언의 사람들은 청성파의 도사들을 극진하게 대접했고, 도사들은 그런 환대를 당연하게 받아들이고 있었다.

'황숙이 도강언은 청성파의 영역이라고 하더니 그 말이 사실이구나.'

사천성에 자리한 대문파는 모두 세 개. 청성파와 아미파, 당가였다.

청성파와 아미파는 구대문파에 속하는 거대 문파이고, 당가는 오대세가에 속하는 혈족의 집합체이다. 이들 세 문파는 절묘하게 힘의 균형을 이루며 사천 땅을 사이좋게 지배하고 있었다.

비록 운중천이 출범하면서 중원 전체에 대한 영향력은 많이 줄어들었지만, 그래도 사천 땅에서 만큼은 그들을 무시할 세력은 존재하지 않았다. 적어도 사천 땅 내에서만큼은 그들은 제왕이나 마찬가지였다.

'청성파가 그래도 세 세력 중 가장 온건하며 중도의 길을 걷는다고 했지.'

혼히 무림에 알려지길, 당가(唐家)는 포악하며 아미(峨嵋)는 과격하고 청성파(青城派)가 그나마 세 세력 중 가장 온건하다고 알려져 있다.

그런 세간의 평가가 말해주듯 청성파의 도사들은 입가에 은은한 미소를 머금은 채 온화한 표정을 짓고 있었다.

그때 곽문정이 진무원의 소매를 잡아끌었다.

"형, 우리 저기로 가요."

곽문정이 망치 소리가 흘러나오는 거리를 가리켰다. 공방과 대장간이 가득한 골목을 바라보는 그의 얼굴엔 흥분의 빛이 떠올라 있었다.

진무원이 그의 마음을 짐작하고 웃었다.

"검을 사려고?"

"형이 무거운 검으로 바꾸라고 했잖아요."

곽문정의 대답에 진무원이 미소를 지으며 고개를 끄덕였다.

"그래, 이번 기회에 바꾸는 것도 좋을 것 같구나."

"어서 가요."

곽문정이 신이 나서 앞서 걸었다.

공방이 가득한 거리에 들어서자 그리운 냄새가 후각을 자극했다. 바로 쇠가 타는 냄새였다. 공방의 화로에서 흘러나오는 강렬한 열기가 거리에 가득했다.

진무원에겐 너무나 익숙한 느낌이다. 불과 얼마 전까지만 해도 진무원 역시 화로에서 검을 만들었기에.

각 공방은 화려한 현판을 걸고 손님을 유혹하고 있었다.

'아무리 그래도 그렇지, 천기공방(天器工房), 신기병점(神器兵店)이라니…….'

진무원은 실소를 금치 못했다.

이름이 거창해도 너무나 거창했다. 그는 진정으로 실력 있는 장인들은 저런 현판을 거는 것 자체를 부끄러워한다는 것을 너무 잘 알고 있다. 하지만 곽문정은 그런 사실을 알지 못하기에 공방들이 좌판에 늘어놓은 검을 구경하느라 정신이 없었다.

"형, 이 검은 어때요?"

진무원이 고개를 저었다.

"그럼 이 검은요?"

진무원이 다시 고개를 저었다.

그래도 곽문정은 지칠 줄 모르고 이 공방 저 공방 돌아다니면서 검을 구경했고, 진무원은 그 뒤를 따랐다.

공방의 이름은 거창했지만, 제대로 된 공방은 그리 많지 않았다. 그들이 만든 검은 화려하긴 했지만 실전에는 그리 쓸모가 없어 보였다.

그래서인지 몰라도 공방 거리를 찾는 대부분의 사람은 제대로 된 무인들이라기보다는 호신을 위해 검을 찾는 일반인들이었다.

진무원은 곽문정과 함께 공방 거리 안쪽으로 걸음을 옮겼다. 바깥쪽과 달리 안쪽은 공방의 규모가 작고 초라한 곳이 많았다. 이곳에는 제대로 된 현판을 단 곳이 거의 없었고 호객 행위를 하는 사람도 없었다.

진무원은 이곳이야말로 진정한 무기를 만드는 곳임을 알아차렸다. 유달리 강렬하게 느껴지는 열기에 깊은 울림이 느껴지는 망치질 소리가 제대로 된 장인이 검을 만들고 있다는 증거였다.

진무원은 그중 가장 깊은 울림이 담긴 망치 소리가 흘러나오는 공방으로 걸음을 옮겼다.

"어, 형?"

곽문정이 영문을 모르겠다는 얼굴로 진무원의 뒤를 따랐다.

공방 안에서는 부자로 보이는 두 명의 장인이 번갈아 가며 망치질에 전념하고 있었다. 곽문정은 벌겋게 달아오른 쇳덩이가 점차 모양이 잡혀가는 모습을 보고 입을 다물지 못했다.

그들의 망치질에는 일정한 박자가 담겨 있었다. 진무원은 자신도 모르게 그들의 박자에 고개를 끄덕이며 손가락으로 자신의 허벅지를 톡톡 두들겼다.

망치질을 하던 장인 중 늙은 장인이 문득 그 광경을 보고는 눈을 빛냈다.

잠시 시간이 지난 후 마침내 망치질이 모두 끝나고 장인들은 쇳덩이를 미리 준비한 황톳물에 집어넣었다.

치이익!

수증기가 피어올라 실내를 가득 채우며 벌겋게 달아오른 쇳덩이가 차갑게 식었다.

"휴!"

그제야 늙은 장인이 안도의 한숨을 내쉬며 머리에 두르고 있던 수건을 풀어 상체의 땀을 닦았다.

"잘된 것 같으니 마무리는 네가 하거라."

"예, 아버지."

늙은 장인이 진무원과 곽문정을 향해 다가왔다.

"여긴 어떻게 오셨는가?"

"이 아이가 쓸 검을 사러 왔습니다."

"본인이 아니고?"

"저는 이 녀석이 있어서요."

진무원이 손에 들고 있는 설화를 슬쩍 내보였다. 그러자 나이 든 장인의 눈이 빛났다.

"직접 만든 것인가?"

"어떻게 아셨습니까?"

"아까 자네 손짓을 봤네. 장인이 아니면 도저히 느낄 수 없는 운율과 박자를 따라 하더군."

늙은 장인의 말에 진무원이 감탄했다. 망치질에 열중하면서도 그 짧은 순간 사신의 손짓에 담긴 의미를 알아차리다니.

"잠시 검을 볼 수 있겠는가?"

늙은 장인의 말에 진무원이 잠시 망설이다 설화를 넘겨줬다. 늙은 장인이 설화를 뽑으려고 힘을 줬다. 하지만 늙은 장인의 얼굴만 붉게 달아오를 뿐 설화는 요지부동, 꿈쩍도 하지 않았다.

"끄응! 이거 설마 봉인해 둔 것은 아니겠지?"

늙은 장인이 결국 설화를 뽑는 것을 포기하고 진무원에게 넘겨줬다. 그러자 진무원이 미소를 지으며 설화를 뽑았다.

스릉!

사람을 가리는 것처럼 늙은 장인과 달리 너무나 쉽게 설화가 뽑혀 나왔다. 금방이라도 사람을 홀릴 듯 일렁이는 묵빛 검신을 본 순간 늙은 장인의 낯빛이 싹 변했다.

"요, 요검?"

*   *   *

"요검이라뇨?"

곁에 있던 곽문정이 물었지만 늙은 장인은 입을 꾹 다문 채 대답하지 않았다. 그런 그의 안색은 돌덩이처럼 딱딱하게 굳어 있었다.

진무원은 그런 늙은 장인을 흥미로운 시선으로 바라봤다.

'설화가 요검이란 것을 알아보다니……'

그것만으로도 늙은 장인의 실력이 범상치 않다는 것을 알 수 있었다. 평생을 쇠만 주무르고 살았기에 알아차린 것이지, 일반적인 무인이나 장인들은 설화의 요기를 쉽게 알아차릴 수 없다.

늙은 장인의 무서운 시선을 진무원은 담담하게 받아들였다. 진무원의 표정에 전혀 변화가 없자 늙은 장인이 답답한 한숨을 내쉬었다.

"휴! 아무래도 우리는 많은 이야기를 나눠야 할 것 같군. 여기서 이럴 게 아니라 안으로 들어가세."

늙은 장인이 공방 안쪽으로 들어가자 진무원이 그 뒤를 따랐다.

"가, 같이 가요."

잠시 눈치를 보던 곽문정이 재빨리 진무원의 뒤로 따라붙었다.

늙은 장인이 들어간 곳은 철방 깊숙한 곳에 위치한 지하실이었다. 밖에서 보면 이런 조그만 공간에 이런 지하 공간이 있다는 것을 도저히 알아차릴 수 없을 정도였다.

지하실 벽에는 늙은 장인이 심혈을 기울여 만든 듯한 각종 병장기가 걸려 있었다.

그 모습에 진무원이 고개를 끄덕였다. 한눈에 보기에도 밖에 있는 무기들과는 격이 다르다는 것이 느껴졌기 때문이다.

"우와!"

곽문정은 벽에 걸린 무기들에서 눈을 떼지 못했다.

늙은 장인이 진무원에게 자리를 권했다.

"앉게."

"감사합니다."

두 사람이 탁자를 사이에 두고 마주 앉았다. 진무원을 바라보는 늙은 장인의 눈에는 팽팽한 긴장감이 어려 있었다.

"그 검, 당연히 요검이란 것 알고 있겠지?"

"알고 있습니다."

"무슨 이유로 그런 요검을 만든 것인지 알 수 있겠는가?"

"만들려고 만든 것이 아닙니다."

"그럼?"

"스스로 요기를 흘리더군요."

"믿기 힘든 말이군."

"믿지 않아도 할 수 없습니다. 사실이니까요."

"음!"

진무원의 담담한 대답에 늙은 장인이 침음성을 흘렸다. 그는 무척이나 갈등하는 표정이었다.

문득 진무원이 물었다.

"함정을 발동시킬까 갈등하고 계시는 겁니까?"

"알아차렸는가?"

늙은 장인이 놀란 얼굴로 진무원을 바라봤다.

진무원이 미소를 지었다. 이곳에 들어온 그 순간 곳곳에 함정이 설치되어 있음을 눈치챘다. 북천문에도 이와 비슷한 함정들이 존재했기에 더욱 쉽게 알아볼 수 있었던 것이다.

"아마 노인장께서 밟고 계신 청석을 힘주어 누르는 순간 기관이 발동되고, 이곳에 설치되어 있는 무기들이 저를 공격하겠죠. 틀렸습니까?"

"맞네. 지금 이 자리엔 기관으로 발사되는 각종 무기가 설치되어 있네. 자네 말대로 내가 발에 힘을 주는 순간 그 모든 무기가 자네가 앉아 있는 자리를 향해 발사되지."

늙은 장인은 순순히 대답했다. 그러나 여전히 그의 발은 청석에 올려놓은 상태였다. 여차하면 함정을 발동시키겠다는 의지였다.

두 사람의 대화에 곽문정이 깜짝 놀랐다. 설마 두 사람 사이에 그렇게 살벌한 분위기가 흐르고 있는 줄 미처 알아차리지 못한 것이다.

'아! 나는 아직 멀었구나. 벽에 걸려 있는 무기에 정신이 팔려 어떤 상황인지도 파악하지 못하고 있었다니……'

곽문정은 들떠 있던 자신을 자책했다.

그 순간에도 두 사람의 대화는 담담히 이어지고 있었다.

"세상을 어지럽히려는가?"

"글쎄요."

"무엇 때문에 그런 요검을 만든 것인가?"

"아까도 말했듯이 만들고 싶어서 만든 것이 아닙니다. 만들어진 결과물이 요기를 발산한 것이죠."

늙은 장인의 눈빛이 차가워졌다.

"무릇 신병이기라 분류되는 것들에는 장인의 염(念)과 원(願)이 깃들지. 그에 따라 신병이 되기도 하고 마병이 되기도 하는 법. 인간이 만든 병기가 호풍환우(呼風喚雨)를 할 수는 없지만, 병기를 든 무인의 정신에는 큰 영향을 끼치게 되네. 장인의 염원에 따라 영웅이 될 수도, 마인이 될 수도 있음이라네. 그래서 무릇 병기를 만드는 장인은 신중에 신중을 기해야 하는 법일세."

"알고 있습니다."

"알고 있다?"

"알고 있습니다."

진무원이 다시 한 번 힘주어 똑같이 대답했다.

늙은 장인의 눈빛이 흔들렸다. 자신을 바라보는 진무원의 눈빛에 한 점의 사기도 존재하지 않았기 때문이다.

"정말 혼란스럽군. 자네의 눈빛은 이리 맑은데 어찌 이런 요검을 만들어낸 것인지 내 상식으로는 이해를 할 수 없군."

"어쩌면 이 검을 만든 재료 때문일지도 모르겠군요."

"자세히 듣고 싶군."

진무원은 설화를 만든 검은 돌에 대해 설명했다. 그러자 늙은 장인이 청석에서 슬그머니 발을 뗐다.

"결국 몰살당한 부족의 염과 원이 그 검에 담긴 것이군."

"저도 그렇게 생각합니다."

"휴!"

늙은 장인이 한숨을 내쉬었다.

진무원이 나쁜 의도를 가지고 설화를 만든 것이 아니라는 것을 알았지만, 설화가 요검이라는 사실 자체는 변하지 않았기 때문이다.

늙은 장인이 자신을 소개했다.

"내 이름은 당서월이라고 하네. 이제 내가 왜 그토록 예민하게 굴었는지 이해가 가는가?"

"당가 분이셨군요."

"방계이긴 하지만 당씨 성을 쓰는 이상 당가 사람이라고 봐도 무방하겠지."

"당가분들은 대부분 성도의 당가타에 모여 사는 게 아니었습니까?"

"당씨가 얼마나 많은데 그 좁은 당가타에 다 모여 살겠는가? 피가 옅은 방계는 나처럼 밖으로 나와 사는 경우도 많다네."

당가(唐家).

독과 암기를 주로 사용하기에 많은 사람이 거부감을 갖고 있지만, 당가의 근원은 의(義)와 협(俠)이다. 그래서 당가의 구성원들은 스스로를 의협당가(義俠唐家)라고 불렀다.

그들이 포악하다고 알려진 것도 알고 보면 의와 협을 지나치게 따지며 상대에게 협상의 여지를 남기지 않기 때문이었다.

"쇠를 다루는 장인은 무조건 당가타 안에 산다고 들었는데 그것도 아닌 모양이군요."

"당가 비전의 암기 제작을 전수받은 장인들은 무조건 당가타 안에서만 살아야 하네. 비전이 유출되는 것을 막기 위함이지. 하나 내가 쇠를 다루는 기술은 당가에서 배운 게 아니라네. 바로 이곳 공방 거리에서 스스로 터득한 것이지."

당서월이 장인으로서 어느 정도 경지에 오르자 당가에서는 그에게 당가타로 들어올 것을 종용했다. 암기 제작술을 전수해 줄 터이니 당가 안에서 암기만 제작하라는 이야기였다.

당서월은 그런 당가의 제안을 거절했다. 평생을 당가타 안에서 보내고 싶지 않다는 게 그 이유였다. 그는 자유롭게 병기를 만들며 실력을 쌓고 싶었고, 결국 그렇게 지금의 실력을 가지게 되었다.

그렇게 당가에서 나와 자유롭게 살고 있지만, 결국 그에게는 의협당가의 피가 흐르고 있었다. 그래서 그렇게 진무원이 들고 있는 설화에 예민하게 반응한 것이다.

"그 검을 잘 사용하길 빌겠네. 자칫하다가는 검에 정신이 먹힐 수도 있음이니 부디 조심하게."

"항상 주의하겠습니다."

"자네 정도의 야장술을 가진 장인이 이곳에는 웬일인가? 그 녀석이 있는데 군이 다른 검이 필요한 것 같지는 않고."

"이 아이에게 제대로 된 검을 선물해 주고 싶어서 찾아왔습니다."

진무원이 곽문정을 가리켰다.

"특별히 찾는 것이 있는가?"

"중검 종류를 찾고 있습니다. 무게는 최소 네 근 이상, 길이는 삼 척 정도가 좋을 듯싶습니다."

"아직 어린아인데 너무 무거운 게 아닌가?"

"저 아이가 익힌 심법과 어울리는 게 중검을 이용한 패검술(覇劍術)입니다. 당장은 네 근에 불과하지만 익숙해지면 그보다 최소 두 배는 더 늘려야 합니다."

"흐음! 그런가?"

당서월이 자리에서 일어나 벽 한쪽에 쌓아둔 나무 상자를 향해 다가갔다. 나무 상자를 여니 그 안에도 무기가 가득 들어 있다. 당서월이 그중 하나를 꺼내 들었다.

"자네가 말한 내용에 가장 부합하는 녀석일세. 오 년 전에 시험적으로 만들었는데 너무 무거우니 찾는 이가 없더군. 그래서 여기 처박아놨는데 다시 이렇게 꺼내게 될 줄은 몰랐네."

진무원은 당서월이 내민 검을 받아 들었다.

"좋군요. 은은한 붉은빛이 감도는 것을 보니 적철을 사용한 것 같고, 균형감과 무게감 또한 훌륭하군요."

"역시 적철을 알아보는군. 일반 쇠보다 단단하면서도 무게가 더 나가니 중검을 만들 때 제격이지."

진무원이 손가락으로 검신을 튕겼다.

따앙!

검신이 맑고 청아한 울음을 토해냈다.

진무원이 만족스러운 미소를 지었다.

"정말 제대로 된 녀석이군요."

"뭐, 명검이라 할 정도는 아니지만, 그래도 만족스럽다 할 정도로 제대로 된 녀석이 나왔지. 거기 애송아, 눈치만 보지 말고 이리 와서 검을 잡아보거라. 일단 네 녀석이 마음에 들어야 하니까."

"네? 네!'

곽문정이 떨리는 손으로 중검을 받아 들었다. 생각보다 엄청난 무게에 곽문정의 팔이 잠시 아래로 처졌다.

"엄청 무겁네요."

"이제부터 그 무게에 익숙해져야 한다. 한시도 손에서 떼어놓지 말거라."

"네! 제 몸처럼 생각할게요."

곽문정이 검을 품에 안고 해맑은 미소를 지었다.

"애송아, 내가 심혈을 기울여 만든 녀석이다. 내 검을 사용하는 녀석이 꼴사나운 모습을 보이는 것은 내가 용납하지 못한다."

"넵! 어르신 명성에 먹칠하지 않도록 열심히 노력하겠습니다!"

당서월의 말에 곽문정이 우렁찬 목소리로 대답했다.

"대답은 시원하니 좋구나."

"그런데… 이거 많이 비싼가요?'

갑자기 곽문정의 목소리가 작아졌다. 그에 당서월이 어이없다는 표정을 지었다.

"그럼 이 늙은이가 심혈을 기울여 만든 녀석이 가격이 얼마 안 할 거 같으냐? 제대로 셈을 치르자면 최소 은자 수백 냥을 줘도 모자랄 것이다."

"그렇게 많아요? 저는 그만큼 돈이 없는데……."

현재 곽문정의 수중에 있는 돈은 은자 석 냥이 전부였다. 이 돈으로는 당서월의 검을 살 수가 없었다.

"네놈한테 돈 받을 일 없다."

"그럼?"

당서월의 시선이 진무원에게 향했다.

"아까의 무례를 사과하는 의미로 선물로 주겠네."

"그럴 필요 없습니다. 제가 대신 셈을 치르겠습니다."

"됐네. 그냥 이 검을 받고 차후 혹시 당가와 문제가 생기면 한 번쯤 이 늙은이를 생각해서 사정을 봐주게."

"당가가 저를 봐줘야지요. 제가 무슨 힘이 있다고……."

"흥! 이 늙은이를 속일 생각인가?"

당서월은 솔직히 무공을 모른다. 그러나 병기에 관해서는 누구보다 잘 알고 있다 자부하고 있었다. 설화의 요기에도 흔들리지 않을 정도의 정신력과 공력이라면 무림에서도 능히 두각을 나타낼 것이다.

당서월의 시선이 곽문정을 향했다.

"이제부터 이 검은 네 것이다. 그보다 무거운 검이 필요하게 되면 다시 찾아오너라. 그때는 네 체형에 맞게 만들어줄 터이니."

"가, 감사합니다."

곽문정이 얼떨결에 대답했다.

그에 진무원이 씁쓸한 미소를 지었다.

'빚이 생긴 건가? 늙은 생강이 맵다더니.'

당서월이 진무원을 보며 득의 어린 미소를 짓고 있었다.

*　　*　　*

"헤헤!"

공방을 나온 곽문정이 검을 품에 안은 채 연신 웃음 지었다.

"그렇게 좋으냐?"

"네!"

이제까지 사용하던 싸구려 철검이 아닌, 처음으로 갖게 된 제대로 된 검이다. 곽문정은 중검에 적아(赤牙)란 이름까지 붙여주었다. 은은한 붉은색 검신이 붉은 이빨을 연상케 한 때문이라고 한다.

"적아, 좋은 이름이다."

"그죠? 헤헤!"

"좋은 검을 얻었으니 너도 검에 부끄럽지 않은 무인이 되어야 한다."

"저, 정말 열심히 무공을 익힐게요. 형의 도움에 정말 감사 드려요. 지금은 이렇게 말로밖에 보답할 수 없지만, 나중엔 정말 형의 한 팔이 될 수 있게 노력할게요."

"말이라도 고맙구나."

곽문정의 얼굴에는 굳은 결의의 빛이 떠올라 있었다.

비록 어리긴 하지만 그는 진무원이 자신에게 얼마나 큰 배려와 도움을 줬는지 잘 알고 있었다. 그는 이런 은혜를 받고서도 배반한다면 인간도 아니라고 생각했다.

두 사람은 함께 진흥객잔으로 돌아왔다.

객잔 안에 들어서자 공진성과 유서인, 그리고 철기당의 무인들이 한자리에 모여 있다. 그들의 시선이 일제히 진무원과 곽문정에게 집중됐다.

진무원의 눈이 빛났다. 철기당의 무인들 사이에 그가 모르는 얼굴들이 보였기 때문이다.

종리무환이 진무원을 보며 미간을 슬며시 찌푸릴 때 자리에서 일어나는 거한이 있었다.

붉은 전포를 입은 칠 척 거구의 남자, 사방으로 뻗친 머리카락과 굵직굵직한 이목구비가 마치 커다란 수사자 같았다. 등에 거대한 용린도를 메고 허리에는 어른 팔뚝만큼이나 굵은 육각 단봉을 차고 있어 무척이나 위맹해 보였다.

그가 양팔을 벌리며 진무원에게 다가왔다.

"으하하! 자네가 진무원인가?"

"그렇습니다만……."

"나는 용무성이라고 하네. 이렇게 보니 정말 반갑구만. 으하하하!"

호쾌한 웃음을 터뜨리는 거한의 남자는 바로 철기당의 당주인 용무성이었다.

진무원이 포권을 취했다.

"진무원이라고 합니다, 용 당주님."

"성격이 아주 지랄 같다며? 우리 부당주가 아주 고개를 절레절레 흔들더구만. 으하하!"

용무성이 진무원의 어깨를 두들기며 연신 호쾌한 웃음을 터뜨렸다. 그가 한 번씩 어깨를 두들길 때마다 몸이 격하게 흔들리면서 제법 아팠지만 진무원은 눈썹 하나 꿈쩍하지 않았다.

"당주!"

"왜? 틀린 말 한 것도 아니잖아?"

보다 못한 종리무환이 소리를 빽 질렀지만 용무성은 아랑곳하지 않고 진무원에게 말했다.

"자, 이리 앉게."

"요, 용 당주?"

그런 용무성의 모습에 공진성이 당황스러운 표정을 지었다. 하지만 용무성은 막무가내로 진무원을 자신의 옆자리에 앉혔다.

"아! 뭐, 어떻소? 이 친구 숙부도 실종되었다면서요? 그렇다면 이 친구도 이 자리에 앉을 자격이 충분하지."

"용 당주, 아무리 그래도……."

"거기다 무력도 끝내준다며? 우리 사소한 문제는 다 잊읍시다. 전력이 하나라도 더 필요한 시점이니까."

"끄응! 알겠소이다."

용무성의 거침없는 말에 결국 공진성이 할 말을 잃고 말았다. 그 모습에 종리무환과 채약란 등이 고개를 흔들었다.

용무성은 항상 이런 식으로 만사를 즉흥적이고 제멋대로 처리했다. 그 때문에 항상 죽어나는 것은 그들이었다. 하지만 용무성의 말이 딱히 틀린 것도 아니기에 반대하지는 않았다.

자신들의 이상과는 맞지 않으나 진무원은 소중한 전력이 분명했다. 그 정도의 무력을 가진 자는 강호에도 그리 많지 않았으니까.

"저는 먼저 들어갈게요."

눈치를 보던 곽문정이 인사를 하고 곧장 안으로 들어갔다. 본능적으로 자신이 낄 만한 자리가 아님을 눈치챈 것이다.

용무성이 낯선 인물들을 소개해 줬다.

"나머지는 먼저 봤으니 다 알 테고, 다른 이들을 소개해 주지. 이 친구는 적각귀(赤脚鬼)라고 하네. 십 년 전 싸움에서 오른쪽 다리를 잃고 의족으로 대신하고 있지. 원래 이름이 무엇인지는 나도 모르네. 으하하!"

오 척 단구에 한쪽 다리는 붉은 의족인 사내가 손을 들어 인사했다.

"적각귀라고 부르게."

용무성이 나머지 사람들을 소개했다.

"저기에 앉아 있는 얼굴이 반반한 친구를 조심하게. 여자 후리는 데는 아주 도사니까. 그 친구 이름은 만서진이라고 하네."

소개 받은 잘생긴 남자가 미소를 지으며 인사했다. 진무원은 그들에게 포권을 취했다.

용무성이 마지막 남자를 소개했다. 그는 무척 비쩍 마른 데다 눈꼬리마저 날카로워 신경질적으로 보였다.

"이 친구의 이름은 지성율이라고 하네. 보다시피 성질이 더러운 데다가 무척이나 꼬장꼬장하지. 그러니 자네도 조심하게. 뒤통수에다가 암기를 날릴지도 모르니까."

용무성의 소개에도 지성율은 가타부타 반응이 없었다. 그저 예리한 시선으로 진무원을 살필 뿐이었다.

진무원이 그들에게 포권을 취해 보였다.

"진무원이라고 합니다."

"자! 서로 소개도 끝났으니 하던 이야기나 마저 합시다."

용무성의 말에 공진성이 고개를 끄덕이며 입을 열었다.

"우선 현재 운남의 상황은 매우 복잡하다는 것을 알아야 합니다. 점창파(點蒼派)를 제외하면 변변한 문파 하나 없던 곳이 운남이지만 이젠 상황이 변했습니다. 바로 패권회가 운남에 둥지를 튼 것이지요."

패권회는 급속히 세력을 불려 나가고 있고, 필연적으로 점창파와 충돌을 일으킬 수밖에 없었다. 원래대로라면 운중천이 그들의 싸움을 중재해야 옳았지만 어쩐 일인지 운중천은 운남에서 일어나는 일을 방관했다.

결국 그들의 충돌은 운남성 곳곳에서 일어나는 형편이고, 중소 문파들에게까지 그 불똥이 튀고 있는 형편이었다. 그 때문에 운남성의 상황은 하루가 다르게 나빠지고 있었다.

그 와중에 운남성을 찾은 상단들의 피해가 이어지고 있었다. 백룡상단뿐 아니라 일월상단(日月商團), 대륙상단(大陸商團)에서도 막대한 피해를 입었다고 했다. 일월상단이나 대륙상단 모두 십대상단에 속해 있다.

"일련의 사건들 때문에 다른 상단들이 운남성에 들어가는 것을 꺼리고 있고, 그 때문에 운남성 내의 돈줄이 씨가 말랐답니다."

용무성이 손을 턱에 꿰며 중얼거렸다.

"흠! 누군가 의도적으로 운남성 내에 자금이 도는 것을 막고 있는 것인가?"

"점창파나 패권회 모두 의심이 갑니다만 자세한 사정은 운남성에 들어가 봐야 알 것 같습니다."

"제삼의 세력이 있을 가능성은?"

"배제할 수는 없습니다만, 확실하지도 않습니다."

"혼탁하구만. 아주 지랄 같은 의뢰를 맡아왔군, 부당주."

용무성의 시선이 종리무환을 향했다. 그러자 종리무환이 피식 웃었다.

"지랄 같아도 어차피 맡을 거잖습니까?"

"그거야 그렇지만……."

용무성이 머리를 북북 긁었다.

원래 철기당은 자신들의 한계를 뛰어넘는 위험한 의뢰는 철저히 배제했다. 아무리 돈이 중하다 할지라도 목숨보다 소중하지는 않다는 용무성의 신념 때문이었다.

그러나 얼마 전 철기당의 사정이 바뀌어 당장 거금이 필요했다. 백룡상단보다 거액을 줄 의뢰는 존재하지 않았으니 결국은 이 의뢰를 맡게 된 것이다.

이제까지 묵묵히 듣고만 있던 진무원이 입을 열었다.

"제 숙부가 사라진 곳을 대충 알 수 있겠습니까?"

공진성이 고개를 저었다.

"우리도 알아보려 했지만 소용없었네. 현재 운남성은 복마전이나 다름없어서 안에 들어갈 수는 있어도 나올 수는 없다고 보는 게 옳을 걸세."

"자세한 사정은 오직 운남성 안에 들어가야만 알 수 있다는 거군요."

"그렇다네."

공진성의 대답에 진무원의 눈빛이 어두워졌다. 그러자 용무성이 웃으며 말했다.

"너무 걱정하지 말게. 내 그럴 줄 알고 우리 사람 하나를 미리 그쪽으로 보내놨으니까. 아마 우리가 도착할 때쯤이면 제법 많은 정보를 모을 수 있을 거야."

"어째 추개가 안 보인다 했더니 당주가 벌써 보내신 모양이군요."

"흐흐! 있어 봐야 어차피 싸움에는 크게 도움이 안 되는 놈이지 않은가? 그러니 먼저 운남성에 들어가 정보나 모으고 있으라고 했지."

"잘하셨습니다, 당주."

종리무환이 고개를 끄덕였다. 이러니저러니 해도 용무성은 철기당의 당주이다. 철기당 십여 명의 무인이 모두 그를 중심으로 움직인다.

추개(追丐)는 거지였다. 본인 말로는 개방 출신이라고 하는데, 그다지 믿음이 가는 말은 아니었다. 하지만 정보를 얻는데 매우 뛰어난 능력을 가지고 있어서 철기당에서도 매우 중요한 인물이었다.

"제대로 분석할 만한 정보가 없는 이상 어차피 이 자리에서 나올 수 있는 답은 뻔하겠군. 으갸갸갸!"

용무성이 기지개를 켜며 자리에서 일어났다.

"당주, 아직 회의가 안 끝났는데……."

"회의는 부당주가 알아서 하라고. 어차피 나 없어도 잘해왔잖아?"

"하지만……."

"에이! 내가 빠져주는 게 더 좋잖아. 나한텐 결과만 통보하라고. 사정은 다 알았으니 나도 나름 생각해 볼 테니까."

"알겠습니다."

종리무환이 포기했다는 표정을 지었다. 하지만 늘 있는 일이라 새삼스럽게 생각하진 않았다.

문득 용무성이 진무원을 바라봤다.

"자네도 계속 거기 있을 셈인가? 같이 바람이나 쐬자구."

용무성이 씨익 웃었다.

진무원과 용무성은 저잣거리로 나왔다.

'목적지를 정하고 가는 것인가?'

진무원은 그럴 거라 생각했다.

보통 목적지를 정하지 않고 걷는 사람들의 경우 걸음걸이가 어지럽고 주위를 두리번거리게 마련이다. 하지만 용무성은 곁눈질도 하지 않고 무엇보다 어느 한곳을 향해 일직선으로 걸음을 옮기고 있었다.

문득 용무성이 입을 열었다.

"왜 묻지 않는가?"

"무얼 말입니까?"

"어디로 가는지, 왜 자네만 따로 불러냈는지 말일세."

"시간이 되면 알게 되겠죠. 굳이 물어볼 것까지야."

"그런가? 역시 지랄 같군."

"제 성격이 말입니까?"

"그래, 우리 부당주가 꺼릴 만해."

진무원은 대답하지 않았다. 그 역시 종리무환이 자신에게 거리를 두고 있다는 사실을 느끼고 있었기 때문이다.

"그 녀석은 책사일세. 머리로 모든 것을 계산하고 일을 진행시키는 역할을 하지. 그러다 보니 사람을 수십 가지 부류로 나눠놓고 그를 바탕으로 계산하지. 한데 자네는 그가 분류한 사람들에 속하지 않아. 그래서 녀석이 당혹스러워하는 거야."

보통 머리가 뛰어난 사람일수록 자신이 예측하기 힘든 변수를 배제하는 경향이 있다. 자신이 힘들게 짜놓은 판을 단번에 뒤집을 수 있는 존재를 본능적으로 멀리하는 것이다. 종리무환도 그 같은 범주에서 벗어나지 못했다.

"죄송하다고 해야 하는 겁니까?"

"하하! 자네가 왜? 난 재밌기만 하구만."

"당주님의 부하잖습니까?"

"다 좋은데 말이야, 그 녀석은 너무 재미가 없거든. 클클!"

용무성이 킥킥대며 웃는 모습을 보며 진무원도 미소를 지었다.

용무성은 그 후로도 한참을 종리무환을 헐뜯었다. 그런데도 기분이 나쁘게 느껴지지 않는 것은 서로에 대한 정과 신뢰가 바탕이 되었기 때문이리라.

"하여간 그 고리타분한 녀석 때문에 내가 제명에 못살아요. 걸핏하면 제동이나 걸고 말이야. 그래도 내가 지 당준데 대접은 해줘야 할 거 아냐."

"아주 나쁜 인간이군요. 그렇게 위아래를 모르는 싸가지 바가지 없는 인간은 아주 능지처참을 해야 하는데."

"아, 그 정도까지는 아니고……."

"윗사람에 대한 공경이 없으면 그게 개지 사람입니까?"

"뭐, 그렇긴 한데……."

"다음에도 그러면 아예 무릎 뼈를 박살 내서 평생을 기어다니게 하십시오. 그래야 윗사람에 대한 공경심도 생기지요."

"꼭 그렇게 할 필요 있겠는가? 뭐, 싸가지야 내가 조금만 참으면 되는 거고, 공경이 없는 거야 교육시키면 되는 거고, 에……."

"그럼 아무 문제 없는 거군요."

"쩝! 그렇게 되나? 자네도 보는 것과 다르게 입심이 대단하군. 으하하! 마음에 들어."

"이야기가 어떻게 그렇게 됩니까?"

"아무려면 어떤가? 내 마음에만 들면 되는 거지."

용무성의 회법은 매우 독특해서 듣는 이를 기분 좋게 만들었다. 오늘 진무원을 처음 보는 것임에도 거리낌 없이 대하는 것에 어색함이 전혀 없었다.

용무성은 그렇게 대화를 하면서 걸음을 옮겼다. 그가 향한 곳은 저잣거리 한쪽의 한적한 골목길이었다.

"여긴?"

"하하! 걱정하지 말게. 자네를 잡아먹지는 않을 테니까."

"잡아먹을 수는 있을 것 같습니까?"

"그거야 한번 주먹을 맞대보면 알 수 있겠지."

용무성이 의미심장하게 웃었다. 진무원은 그런 용무성을 빤히 바라보았다.

잠시 동안 허공에서 두 사람이 시선을 교환했다.

불길 같은 용무성의 눈빛과 담담하기 그지없는 진무원의 시선이 허공에서 얽혔다.

먼저 시선을 피한 이는 용무성이었다. 그가 고개를 돌리며 입을 열었다.

"하지만 오늘은 그보다 더 중요한 일이 있지."

"뭡니까?"

"바로 정보를 얻는 것이지."

"정보?"

"운남성에 관한 정보 말일세."

"아까는 정보를 얻을 수 없다고 하지 않았습니까?"

"분명히 아까까지는 그랬지."

용무성의 말에 진무원이 미간을 찌푸렸다. 그 모습을 보며 용무성이 득의 어린 미소를 지었다.

용무성이 갑자기 골목 한쪽에 멈춰 섰다. 겉보기엔 그냥 평범한 일반 가옥 앞이다.

쿵쿵!

그가 커다란 문을 두드렸다.

진무원이 찬찬히 집을 훑어보았다. 아무리 봐도 사천성에서 볼 수 있는 전형적인 저택일 뿐 별다른 특징은 없어 보였다.

'다른 것이라곤 창가에 걸린 조그만 검은 깃발뿐. 그게 표식인가?'

그나마도 진무원의 관찰력이 좋지 않았다면 쉽게 발견할 수 없을 정도로 검은 깃발은 작았다.

잠시 후 문이 열리며 왜소한 체구의 중년인이 고개를 빠끔히 내밀었다.

"누구쇼?"

"거래를 하러 왔는데……."

"잘못 찾아오셨소. 거래를 하려면 상점에 가셔야지……."

"검은 달빛을 받은 물건을 찾고 있는데……."

"그런 물건 없습니다만……."

"흑월주가 언제든 찾아오라고 했소만……."

"성함이?"

"철기당주 용무성이라고 하오."

순간 중년인의 눈빛이 변했다. 그가 주위를 두리번거려 아무도 없음을 확인한 후 말했다.

"들어오십시오."

용무성과 진무원이 중년인을 따라 안으로 들어갔다.

저택 안은 무척이나 평범해 보였다. 별다를 것도 없고 큰 특징도 없었다. 마치 고요한 산사 같은 느낌이다. 하지만 진무원은 그 안에서 자신을 감시하는 은밀한 시선을 느꼈다.

'역시 평범한 저택은 아니란 말이군.'

중년인은 진무원과 용무성을 저택 가장 안쪽에 있는 방으로 안내했다.

방 안은 저택의 외형과 마찬가지로 무척 수수했다. 탁자 하나에 의자 네 개뿐 변변한 장식조차 없어 썰렁하게 느껴질 정도이다.

"잠시만 기다리십시오."

안내한 중년인이 두 사람에게 앉기를 권한 후 밖으로 나갔다.

"여기는?"

"흑월(黑月)의 지부라네."

진무원의 얼굴에 의혹의 빛이 떠올랐다. 생전 처음 들어보는 단어였기 때문이다. 진무원의 마음을 안다는 듯이 용무성이 피식 웃었다.

"쉽게 말하면 일반 사람들은 접근하기 힘든 고급 정보를 취급하는 곳이네."

"돈을 주고 정보를 사는 건가 보군요?"

"돈만 있어서도 안 되네."

"……."

"적어도 일파의 문주, 혹은 그와 동급의 무인들에게만 정보를 공급하지."

일파의 문주와 동급이라고 하면 대문파의 장로급 정도이다. 강호 전체를 통틀어 그런 무인들이 얼마나 될까?

흑월은 그들에게 필요한 정보를 먼저 선점하여 이해하기 쉽게 가공한 후 제공했다. 그들이 제공하는 정보는 대문파나 운중천이 강호를 운영하는 데 중요한 지표가 되었다.

"이곳을 이용하는 자들은 정보의 선점이라는 것이 얼마나 큰 힘이 되는지 아는 사람들이야. 쉽게 말하면 미래를 내다볼

줄 아는 사람들이지."

"그런 중요한 사실을 생면부지인 저에게 공개해도 되는 겁니까?"

용무성이 피식 미소를 지었다.

"훗! 말했지 않은가? 일파의 문주급 이상에게만 정보가 제공된다고. 자네가 이곳의 존재를 안다고 해도 정보를 얻을 수는 없다는 뜻이지."

"그렇군요."

"그냥 알려주고 싶은 것뿐이네. 강호에 이런 곳도 존재한다는 것을. 강호는 자네가 생각하는 것보다 훨씬 넓으면서 오묘한 세계라는 것을."

광오한 자신감이 용무성의 음성에서 묻어나왔다.

그 순간 진무원은 깨달았다. 용무성이 자신을 이곳에 데려온 이유를.

'세상엔 아는 것보다 모르는 것이 훨씬 많으니 알아서 처신하라는 뜻인가?'

종리무환과 진무원의 충돌을 염두에 두고 하는 말일 것이다. 보통 사람들은 이런 곳에 오게 된다면 다시 한 번 자신의 처지를 생각하며 위축되게 마련이니까.

"용 당주님의 고언, 가슴에 깊이 담아두겠습니다."

"부디 그러길 비네."

용무성이 의미심장한 눈길로 진무원을 바라봤다.

그때였다.

"손님들을 너무 오래 기다리게 한 것이 아닌지 모르겠네요."

청아한 목소리와 함께 누군가 안으로 들어왔다.

두 사람의 시선이 문으로 향했다.

면사를 쓴 여인이 사뿐사뿐 걸어오고 있는데 요철처럼 굴곡진 몸매가 농염한 매력을 물씬 풍기고 있다.

여인이 용무성을 보고 물었다.

"철기당의 용 당주님이라고 들었는데, 맞나요?"

"그렇소. 내가 바로 철기당주 용 모요. 당신은?"

"흑월의 사천지부장인 매월령이라고 해요."

용무성이 눈을 빛냈다. 목소리로 미뤄보아 그다지 나이가 많지 않을 거라 짐작했는데 사천지부장이라니 뜻밖인 것이다.

"반갑소, 매 소저."

"옆에 계신 분은?"

"내 일행이라오."

매월령이 진무원을 바라보았다.

"용 당주님과 함께 올 정도면 대단한 분이겠군요. 성함이?"

"진무원이라고 합니다. 강호 초출이라 대단할 것은 없습니다. 용 당주님의 배려로 동행했을 뿐이니 신경 쓰지 마십시오."

진무원이 포권을 취하며 인사를 했다.

면사 밖으로 드러난 매월령의 눈이 빛났다. 그녀는 마치 진무원의 속을 꿰뚫어 볼 듯 뚫어지게 바라보았다.

"저희는 강호 초출에 더 관심이 많답니다, 진 소협."

그녀의 눈매가 곡선을 그리며 휘어졌다.

*　　　*　　　*

흑월(黑月)의 기원이나 주인인 월주에 관해서는 알려진 것이 하나도 없었다. 누가 무슨 목적으로 흑월을 만든 것인지, 그들의 인원이 얼마인지, 또는 구성원으로 누가 있는지 모든 것이 흑막에 가려져 있었다.

한 가지 확실한 것은 그들이 매우 가공할 정보력을 가지고 있어 남들보다 한발 앞서 중요한 정보를 입수한다는 것이다.

운중천을 비롯한 거대 문파들은 남들보다 한발 앞선 정보는 곧 힘이라는 사실을 매우 잘 알고 있었다. 그래서 많은 대문파가 흑월을 욕심냈다.

흑월이라는 정보 조직만 복속시키면 다른 문파보다 월등

한 정보력과 힘을 보유할 수 있을 거라 생각한 것이다.

실제로 그들 중 한 문파가 실행에 옮겼다. 바로 오대세가 중 하나인 황보세가였다.

다른 세가들에 비해 정보력이 열세이던 황보세가는 흑월을 복속시키기로 결정했다. 부족한 정보력을 보완해 오대세가의 수좌에 오를 야망을 드러낸 것이다.

일단 결정을 내리자 황보세가의 행보엔 거침이 없었다. 그들은 세상에 알려진 흑월의 지부들을 일제히 습격했다. 이 사건에 황보세가의 정예는 물론이고 그들과 오랜 세월 협력 관계에 있던 문파들이 모두 동원되었다.

예상치 못한 황보세가의 습격에 흑월은 제대로 반항 한번 해보지 못하고 지리멸렬하는 듯했다. 수많은 무인이 죽고 고문을 당했다.

황보세가에서는 흑월주를 찾아내 충성을 받아내려 했다. 하지만 흑월의 무인 중 누구도 입을 연 사람이 없었다.

그들은 어떤 고문을 받아도 입을 열지 않았고, 입을 연 자들조차 아는 것이 거의 없었다. 결국 황보세가는 월주를 알아내는 것이 불가능하다는 사실을 깨닫고 물러날 수밖에 없었다.

문제는 그 후부터였다. 흑월의 반격이 시작된 것이다.

흑월은 가공할 정보력을 바탕으로 황보세가에 공급되던

모든 정보를 끊고 역으로 거짓 정보를 흘리기 시작했다. 그들의 역공작에 걸린 황보세가는 철저하게 고립되었다.

수많은 암살자가 황보세가의 수뇌부들을 암습하기 시작했다. 흑월이 수많은 사색 집단에게 막대한 대가를 치르면서 암살을 의뢰한 것이다.

일련의 사태로 황보세가의 수뇌부 수십 명이 죽거나 다쳤고, 황보세가는 거의 괴멸 상태에 이르렀다. 결국 황보세가는 변변한 대항 한번 해보지 못하고 항복을 선언하기에 이르렀다.

일련의 사건으로 황복세가는 몰락하기에 이르고, 결국은 오대세가에서마저 밀려나는 굴욕을 겪게 되었다.

그 후 황보세가가 다시 재기해 오대세가로 진입하기까지 수십 년의 세월이 소요됐다.

일련의 사건을 겪으면서 대문파들은 흑월을 건드려 봐야 좋을 것이 없다는 인식을 갖게 되었다. 그렇게 흑월은 강호상에 은밀한 전설을 만들고 지금까지 이어져 내려오고 있었다.

흑월에서 가장 중요하게 여기는 것 중 하나가 바로 새로운 무인들이 등장할 때마다 파악하는 것이었다.

강호란 괴물은 항상 예상치 못한 시기에 새로운 인재를 내보내곤 했고, 그 인재들에 의해 강호의 판도가 요동치곤 했다는 사실을 경험으로 알고 있기 때문이다.

매월령은 눈을 빛내며 진무원을 바라봤다.

'비록 소수에 불과하지만 철기당은 강호에서도 손꼽히는 유력 문파. 특히 철기당주 용무성은 강호에서도 알아주는 초절정의 무인. 호방해 보이는 외모와 달리 머리가 무척 좋고 사람 보는 눈이 매우 뛰어나다고 알려져 있다.'

그런 이가 아무하고 동행할 리 없다. 결국 겉보기엔 평범해 보일지 모르지만, 진무원은 용무성이 인정할 만큼의 인재라는 것이 매월령의 판단이었다.

'용무성이 대동할 만한 무인이라면 그 역시 주목해 볼 만한 대상.'

진무원은 자신도 모르는 사이 그렇게 흑월의 주목 대상에 올랐다. 그것은 용무성도 미처 예상하지 못한 일이었다.

매월령의 시선이 용무성을 향했다.

"용 당주님께서는 어쩐 일로 저희 흑월을 찾아오신 건가요?"

"운남성의 상황을 알고 싶어 찾아왔소."

"흠! 어려운 문제를 들고 오셨군요."

"흑월의 정보력이라면 그리 어려운 문제가 아닐 것 같은데."

"저희 흑월을 너무 과대평가하시는군요. 저희에게도 한계는 분명 있답니다."

말은 그렇게 했지만 매월령의 음성에는 자신감이 담겨 있었다. 용무성도 그 사실을 느꼈는지 입가에 미소를 지었다.

"대가는 충분히 지불하겠소. 조그만 것이라도 좋으니 운남성의 현 상황에 대해 알려주시오. 백룡상단에서 의뢰를 받았는데 쓸 만한 정보가 없어서 너무나 막막하오."

"정 그렇다면야⋯⋯."

"부탁하겠소."

매월령이 생각을 정리하기 위함인지 눈을 감았다.

흑월령의 정보에 서류는 존재하지 않았다. 모든 정보는 지부장에게 집중되고, 지부장은 그 모든 정보를 자신의 머리에 담았다. 황보세가에게 습격을 당한 이후 바뀐 방침이다.

잠시 후 매월령이 입을 열었다.

"아시는지 모르겠지만 현재 운남성의 상황은 매우 복잡한 편이에요. 복마전이라고 봐도 무방하죠. 사람들은 단순히 패권회와 점창파의 충돌로 일이 복잡해진 거라고 알고 있지만 그것은 틀린 말이에요."

"두 문파 간의 알력 때문에 생긴 일이 아니란 말이오?"

"표면적인 이유는 맞아요. 하지만 그 이면을 파고들어 가면 조금 더 복잡해져요."

매월령의 목소리가 낮아졌다. 반대로 용무성과 진무원의 집중도는 높아졌다. 매월령이 의도적으로 목소리를 낮춰 두 사람이 집중하게 만든 것이다.

"두 문파 간의 충돌을 조장하는 제삼의 세력이 있다는 게 저희의 판단이에요. 아직 확실한 증거는 없지만, 여러 가지 정황이 맞아떨어지고 있어요."

"음!"

"그 때문에 운중천에서도 일련의 사태를 조사하기 위해 조사단을 파견한 것으로 알고 있어요."

운중천에서 조사단을 파견한 것은 극비 중의 극비였다. 하지만 흑월의 가공할 정보력은 이미 운중천의 내부 기밀까지 파악한 상태였다.

"그럼 제삼의 세력이 패권회와 점창파의 충돌을 부채질하기 위해 다른 상단을 습격했다는 거요?"

"저희는 그렇게 판단하고 있어요."

"그럼 운남성에서 사라진 상단들 역시 그들에게 억류되었거나 제거되었을 확률이 높겠구려."

"죽였다면 분명 시신이 발견되었을 거예요. 그렇게 많은 이의 시신을 흔적도 남기지 않고 처리하는 것은 불가능하니까요."

매월령의 답에 진무원의 눈이 반짝였다. 황철이 아직 살아 있을 수 있다는 일말의 가능성을 엿보았기 때문이다.

"제삼의 세력이란 곳의 정체는 파악하셨소?"

"아직이에요. 하나 저희가 역량을 집중한 이상 곧 알게 될 거예요."

그녀의 음성에는 숨길 수 없는 자부심이 담겨 있었다. 자신이 소속되어 있는 흑월에 대한 무한한 믿음과 자신감이 그대로 드러났다.

"한 가지만 더 묻겠소. 혹시 운중천에서 파견된 조사단의 면면을 알 수 있겠소?"

"운중천에서도 나름 기밀을 유지하는지라 아직은 저희도 알 도리가 없어요. 분명한 것은 그들도 사태의 중요성을 감안해 꽤나 신경 써서 인원을 구성했다는 거예요."

"음!"

용무성이 침음성을 흘렸다.

예상치 못한 변수의 연속이다.

'아무래도 이번 의뢰는 득보다 실이 클 것 같군.'

그렇다고 이제 와서 의뢰를 무를 수도 없었다. 그랬다간 이제껏 힘겹게 쌓아올린 철기당의 명성에 큰 타격을 입고 말 것이다.

결국 죽으나 사나 운남으로 향해야 했다. 요는 피해를 최소한으로 줄이면서도 의뢰를 완수해야 한다는 것이다.

"쳇! 아무래도 이번엔 고생깨나 할 것 같군."

"백룡상단과 관계된 의뢰라면 얼마 전에 실종된 셋째공자를 찾는 것이겠군요."

"그렇소."

"제가 보기에도 쉽지 않은 의뢰가 될 것 같군요. 아까도 말씀드렸다시피 어떤 변수가 도사리고 있을지 짐작조차 가지 않거든요."

매월령이 유감이라는 눈빛으로 용무성을 바라봤다.

오랫동안 흑월에 몸담으면서 그녀가 깨달은 것이 하나 있다면 바로 바람이 불 때는 몸을 바싹 숙여야 한다는 것이다. 특히 거친 바람이 불수록 더욱 그렇다.

지금 운남에는 광풍이 불고 있었다. 그 여파가 어디까지 번질지 도저히 짐작조차 되지 않았다.

용무성이 자리에서 일어났다.

아주 소득이 없는 것은 아니었다. 제삼의 세력이 도사리고 있다는 사실을 알았다는 것만으로도 큰 소득이었다. 준비해야 할 것이 많으니 바삐 움직여야 했다.

그가 품에서 어린아이 주먹만 한 금원보를 두 개를 꺼내 탁자 위에 내려놓았다.

"이 정도면 정보 대가로 충분할 거라고 생각하오만."

"충분하고도 넘치지요. 그 대가로 한 가지 더 말씀드리지요."

"경청하겠소."

"무영살막에서 용 당주를 노리고 있어요."

"……."

용무성의 눈동자가 흔들렸다. 뜻밖의 장소에서 예상치 못한 단어를 들었기 때문이나.

무영살막(無影殺幕).

이름에서 알 수 있듯이 살인을 업으로 삼는 자객들의 문파이다. 암살 역량이 최고라고 할 수는 없지만 그 악랄함과 집요함만큼은 가히 천하제일이라 할 수 있는 집단이 바로 무영살막이었다. 때문에 무영살막의 목표가 된 이치고 최후가 좋은 이는 한 명도 없었다.

용무성은 이유를 묻지 않았다. 이미 짐작하는 바가 있기 때문이다.

"정보가 노출되었나 보구려."

"유출자가 궁금하지 않나요?"

"물어보면 말해주겠소?"

용무성의 질문에 면사 밖으로 드러난 매월령의 눈이 반짝였다.

"능원평이라면 답이 될까요?"

"역시 그렇구만. 하아! 어쩐지 의뢰를 맡기 싫다 했더니."

용무성이 한숨을 내쉬었다.

진무원과 용무성이 나간 후 방 안에는 매월령 홀로 남았다.

"흑노."

"예, 아가씨."

대답과 함께 방 한쪽의 벽이 열리더니 검은 무복을 입은 노인이 나타났다. 노인의 얼굴에는 십여 개의 검상이 종횡으로 가로지르고 있어 무척이나 끔찍해 보였다.

흑노라고 불린 노인이 매월령에게 다가왔다.

"부르셨습니까, 아가씨."

"진 소협 보셨죠?"

"예."

"흑노가 보기엔 어떻던가요?"

"저의 짧은 식견으로는 판단을 내리기가 쉽지 않군요."

"그런가요?"

"아가씨가 보기엔 특별한가 봅니다."

"사실은 저도 잘 모르겠어요."

매월령이 한숨을 내쉬며 얼굴에 쓰고 있던 면사를 벗었다. 그러자 눈이 부시도록 아름다운 외모가 드러났다. 나이는 이십 대 후반, 청춘의 싱그러움과 성숙한 여인의 농염함이 동시에 공존하는 매력적인 외모를 매월령은 소유하고 있었다.

그녀가 사천지부를 맡아 운영한 것이 벌써 오 년째이다. 그 동안 수많은 이를 만나왔다. 용무성과 같은 일방의 종주도 있고 대문파의 장로도 다수 있었다.

그들과의 치열한 신경전에도 그녀는 결코 밀리지 않았다. 오히려 그들과의 만남을 통해 사람 보는 안목을 키우고 자신을 성장시켰다고 자부했다. 하지만 오늘 본 진무원은 모든 것이 모호했다.

용무성과 함께 왔다는 것만 빼면 딱히 주목할 것이 없어 보였다. 그런데 이상하게 신경이 쓰였다. 진무원의 무언가가 그녀의 신경을 자극하는데 원인을 명확히 알 수가 없었다. 이런 적은 처음이었다.

진무원보다 잘생긴 남자도 많이 보았고, 강호에서 위명을 떨치는 후기지수도 많이 보았다. 하지만 그들 중 누구도 진무원만큼 그녀의 흥미를 끌지는 못했다.

'분명히 무언가 있는데⋯⋯.'

그녀는 곰곰이 진무원의 모습을 떠올렸다. 그리고 퍼뜩 깨달았다.

'그래, 그 눈 때문이야.'

그녀의 기억에 남은 진무원의 눈은 매우 특이했다. 보통 그 나이 또래의 청년들처럼 꿈과 야망으로 들떠 있지도 않았고, 그렇다고 아무런 감정도 없이 무색투명하지도 않았다.

마치 깊은 바다처럼 차분히 가라앉은 눈동자는 분명 그 나이 대의 젊은 무인이 가질 수 있는 눈빛이 아니었다. 수많은 풍파를 겪은 노강호들만이 가질 수 있는 눈빛을 진무원은 가지고 있었다.

'어떤 경험을 해야 그 나이에 그런 눈빛을 가질 수 있는 거지?'

매월령은 손가락으로 자신의 턱을 톡톡 두드렸고, 흑노는 그 모습을 말없이 바라보았다. 무언가 생각에 몰두할 때 나오는 그녀만의 독특한 버릇이라는 것을 잘 알기 때문이다.

잠시 후 매월령이 입을 열었다.

"흑노."

"말씀하십시오, 아가씨."

"그가 운남으로 들어가는 순간 비월(秘月)을 붙이세요."

"등급은 어떻게 할까요?"

"천(天) 자 조에서 차출하세요."

순간 흑노의 얼굴에 경악의 빛이 떠올랐다.

흑월에서는 감시 대상의 등급에 따라 천(天), 지(地), 인(人)으로 분류해 인원을 파견했다. 그들을 비월이라 부르는데, 천자 등급이 가장 뛰어난 실력을 소유하고 있었다.

흑월 내에서도 천 자 등급의 비월은 겨우 스무 명 남짓이다. 그런 소중한 인력을 이제 강호에 갓 출도한 초출에게 붙이다니. 흑월 역사상 유례가 없는 일이다.

"그 정도입니까?"

"아직 확신할 수는 없어요. 그래도 손해 보는 일은 아닐 거예요. 어차피 운남성의 정확한 정보를 파악하기 위해서는 천자 등급의 비월을 파견해야 하니까요."

"알겠습니다. 그럼 천 자 조에서 인원을 차출하겠습니다. 그런데……."

흑노가 말을 망설이자 매월령이 빙그레 미소를 지었다.

"말씀하고 싶은 것이 있으면 하세요."

"굳이 무영살막이 노리고 있다는 이야기를 해줄 필요가 있었습니까?"

흑월은 결코 자선 단체가 아니었다. 제아무리 사소한 정보라도 대가를 치르지 않으면 절대로 공급하지 않는 곳이 바로 흑월이었다. 그 사실을 모를 리 없는 매월령이 굳이 용무성에게 무영살막이 노리고 있다는 사실을 알려준 이유가 궁금했다.

"확인하고 싶은 것이 있어서 그랬어요."

"확인할 것이라면?"

"흑노는 철기당에 대해 얼마나 아세요?"

"이제까지 단 한 번도 의뢰를 실패한 적이 없는 소수 정예 정도라는 것밖에는……."

"맞아요. 그런 명성 덕분에 철기당은 강호에서 나름의 영역을 확보했어요."

강호에서 명성은 곧 힘이 된다. 그리고 철기당은 그런 명성을 무척이나 잘 이용하고 있었다. 많은 젊은 무인들이 철기당에 열광하는 것이 그 증거였다.

매월령의 미소가 짙어졌다.

"그래서 궁금했어요. 과연 그들의 전설이 정말 정정당당하게 만들어진 것인지, 그들이 정말 강호의 일각을 차지할 자격이 있는 자인지."

"아가씨께서는 철기당을 믿지 않으시는군요."

"믿지 않는다기보다는 확인하고 싶은 거예요. 그들의 전설이 어떻게 만들어진 것인지, 혹은 과대포장된 것이 아닌지. 만일 내가 생각한 것이 맞는다면 그들은 정말 머리가 좋은 사람들이에요. 그런 사람들은 나중에라도 이용할 가치가 있죠."

"으음!"

"운남에서 풍운이 일 거예요. 그것이 과연 찻잔 속의 태풍으로 끝날지, 아니면 천하를 뒤집어 삼킬지는 모르지만 우리도 모든 가능성을 열어놓고 만반의 대비를 해야 해요."

매월령의 눈은 천하를 향하고 있었다.

혹월을 나온 진무원과 용무성은 어깨를 나란히 하고 걸었다. 용무성의 표정은 아까에 비할 수 없이 심각하게 굳어 있었다.

"제삼의 세력이 있단 말이지. 골치 아프군."

"객잔에서 회의할 때도 혹시 있을지 모른다고 짐작하지 않으셨습니까?"

"짐작과 확인은 다르지. 잠재적인 위협과 현실적인 위협이 다른 것처럼."

겨우 그런 사실 하나를 확인하는 데 금원보 두 개나 날렸지만 용무성은 전혀 아깝다고 생각하지 않았다. 미지의 존재가 실제로 존재하고 현실적인 위협이 될 수 있다는 사실을 안 것만으로도 큰 수확이었기 때문이다.

"그보다 능운평이란 사람은 어떤 사람입니까? 무영살막은 또 뭐구요?"

"아, 그 늙은이?"

갑자기 용무성이 멈춰 서더니 한숨을 내쉬었다. 진무원은 그런 용무성을 빤히 바라보았다.

"의뢰를 맡긴 늙은이야. 청해성의 시달목분지(柴達木盆地)에서부터 이곳까지 호위해 왔지."

"그런데 왜?"

"그곳에서 꽤 귀한 물건을 구했는데, 그게 세상에 알려지면 골치 아파지거든. 비밀 서약까지 했는데 결국은 우리를 믿지 못한 모양이군. 무영살막까지 동원한 것을 보면."

"그럼?"

"뻔하지. 살인멸구(殺人滅口)."

죽은 자는 말이 없고, 비밀은 새어 나가지 않는다.

용무성은 더 이상 웃지 않았다. 그의 눈은 마치 무저갱처럼 깊이 가라앉아 있어 평소의 모습과 다르게 엄청난 위압감을 풍기고 있었다.

그러나 진무원은 놀라지 않았다. 진무원은 이것이 용무성의 진짜 모습일지도 모른다고 생각했다.

자신 때문에 분위기가 가라앉았다고 생각한 것일까. 갑자기 용무성이 씨익 웃으며 진무원의 어깨를 두들기며 말했다.

"하하! 걱정하지 말게. 이 일은 우리가 알아서 처리할 테니까. 운남성으로 가는 우리의 여정에는 아무런 문제도 없을 거야."

"뭐, 걱정은 하지 않습니다만."

"그럼 고맙고. 아무래도 여기서부터는 나 혼자 돌아다녀야 할 것 같군. 미안하지만 진흥객잔에는 자네 혼자 돌아가게."

"그렇게 하죠."

"내 나중에 술 한잔 사지. 그때 못다 한 이야기를 나누세."

진무원이 대답 대신 어깨를 으쓱했다. 그러자 용무성이 몸을 돌려 반대편으로 걸어갔다.

진무원은 멀어지는 용무성의 모습을 잠시 바라보다가 진홍객잔 쪽으로 걸음을 옮기기 시작했다.

용무성의 은원에는 관심이 없었다. 어차피 그가 해결해야할 일이고, 자신이 끼어들 여지 따윈 없으니까.

중요한 것은 황철이 아직 살아 있을 가능성이 있다는 것이었다.

*　　　*　　　*

진홍객잔으로 돌아온 진무원은 자리에 앉아 곽문정이 운공하는 모습을 가만히 지켜보았다. 지루할 만도 하건만 곽문정은 하루도 빠짐없이 삼원심법을 운공하고 있었다.

곽문정의 옆에는 오늘 마련한 적아가 곱게 놓여 있었다. 적아의 손잡이에 벌써 손때가 묻은 것이 오늘 얼마나 열심히 검을 수련했는지 알 것 같았다.

"지금처럼만 하면 된다. 천천히 가면 어떠한가? 종극에 도달하기만 하면 되는 것을."

그것은 자신에게 하는 말이기도 했다.

조급해하지 말고 천천히 가다 보면 어느 순간 원하는 지점에 도착할 것이다. 그곳에 무엇이 기다리고 있을지는 진무원도 알지 못했다.

문득 밖에서 인기척이 느껴졌다. 진무원이 창가로 다가가 밖을 내다봤다. 그러자 용무성을 비롯한 철기당의 무인들이 모여 있는 모습이 보였다.

진무원의 시선을 느꼈는지 용무성이 고개를 들어 바라보았다. 진무원은 용무성의 입가에 걸려 있는 한줄기 차가운 미소를 보았다. 그의 미소를 보는 순간 진무원은 알 수 없는 불길한 느낌을 받았다.

용무성이 진무원에게 손을 흔들어 보이더니 곧장 밖으로 향했다. 종리무환, 채약란 등 철기당 무인들이 그 뒤를 따랐다.

진무원은 알 수 없는 예감에 미간을 잔뜩 찌푸렸다.

　새벽부터 진홍객잔은 부산했다. 백룡상단이 다시 먼 길을 떠날 준비를 하는 것이다. 보표들은 마차와 짐을 점검하고 말을 끌어와 연결했다.

　숙수들은 새벽 일찍부터 음식을 준비했고, 점소이들은 분주히 식당과 주방을 오가며 음식을 날랐다.

　진무원은 자신이 모는 마차를 점검한 후 식당으로 들어왔다. 식당 안에는 이미 윤서인과 공진성이 나와 있었다. 진무원이 그들에게 먼저 인사를 했다.

　"나오셨습니까?"

"자네도 일찍 일어났군. 먼 길을 가야 하니 든든히 먹어두게. 당분간은 쉬지 않고 강행군을 할 걸게. 식사도 말 위에서 건량으로 때울 테니 이런 식사는 꿈도 꾸지 못할 걸세."

"그리하겠습니다."

진무원이 대답과 함께 빈자리로 걸어갈 때였다. 이제까지 침묵만 지키던 윤서인이 힘겹게 그를 불렀다.

"저, 진 소협."

"예?"

진무원이 뒤돌아봤다. 그러자 윤서인이 입술을 지그시 깨물더니 말을 이었다.

"저번에는 죄송… 했어요."

유달리 자존심이 강한 그녀이다. 이렇게 사과를 한다는 사실 자체가 그녀에겐 큰 고역이었다. 하지만 해야 했다. 언제까지 이렇게 데면데면한 상태로 지낼 수는 없기 때문이다.

그녀의 사형들이 패퇴를 당한 것은 치욕스러운 일이지만 어쨌거나 진무원은 큰 전력이다. 싫어도 사과하고 풀 것은 풀어야 했다.

진무원이 미소를 지었다.

"괜찮습니다. 신경 쓰지 마십시오."

진무원의 대답에 윤서인이 그나마 굳었던 얼굴을 풀었다. 그러자 옆에 있던 공진성이 말했다.

"그럼 같이 식사나 하세."

"하지만……."

"그러세요, 진 소협."

이렇게 되자 진무원도 더 이상 거절할 수가 없었다. 그는 두 사람이 앉은 탁자 앞에 앉았다. 탁자 위에는 이미 음식이 가득 차려져 있었다.

윤서인이 진무원을 빤히 바라보았다. 진무원은 그녀의 시선을 피하지 않았다.

"실례가 안 된다면 진 소협의 사문을 알 수 있을까요?"

그녀의 말에 공진성이 눈을 빛냈다. 그 또한 궁금했기 때문이다.

"그냥 가전의 무공을 익혀 딱히 사문이라고 내세울 만한 곳은 없습니다."

진무원의 말에 윤서인이 실망하는 표정을 지었다. 진무원이 일부러 말을 하지 않는다고 생각했기 때문이다.

진무원이 말을 돌렸다.

"용 당주님의 모습이 보이지 않는군요."

"어젯밤 볼일이 있다고 철기당 무인들과 함께 밖으로 나갔다네. 출발 전에 돌아오겠다고 했으니 곧 오겠지."

"그렇군요."

진무원이 고개를 주억거릴 때였다. 갑자기 객잔 문이 열리며 일단의 무인이 안으로 들어왔다.

"아, 배고프다. 배가 등가죽에 달라붙은 것 같아."

"한 게 뭐 있다고 배가 고프냐?"

"왜 한 게 없어? 밤새 그 개고생을 했는데."

왁자지껄 떠들며 들어오는 이들은 바로 철기당의 무인들이었다.

용무성이 진무원 등을 보며 반색했다.

"우와! 그렇지 않아도 출출했는데 우리도 같이 먹읍시다."

용무성의 말이 끝나기도 전에 철기당의 무인들이 우르르 몰려와 탁자에 자리를 잡았다.

그들은 마치 석 달을 굶은 아귀처럼 탁자 위의 음식을 닥치는 대로 먹기 시작했다. 그 모습에 윤서인이 당황한 표정을 지었다.

"밤새 뭐 하고 오신 거예요? 아유! 이 땀 냄새는 또 뭐고."

"거 말 시키지 마시오. 아주 뱃속에 거지가 들어앉았으니까."

"음식 좀 더 시켜줘요. 이걸로는 모자라니까."

난리도 이런 난리가 없었다. 결국 윤서인은 점소이를 불러 음식을 더 주문해야 했다.

진무원은 먹는 것을 포기하고 철기당 무인들이 먹는 모습을 바라보았다.

금방 나온 오리구이가 눈 깜짝할 사이에 모습을 감추고 탁자 위에는 뼈만 수북이 쌓였다. 그것도 모자란지 철기당 무인들은 손가락에 묻은 기름까지 핥아 먹으며 다음 음식이 나오길 기다렸다.

음식이 나오는 대로 바닥을 드러냈고, 탁자 위에는 지저분한 흔적만 남았다.

가장 먼저 용무성이 배가 부른지 손을 떼며 윤서인을 바라보았다.

"미안하오, 윤 소저. 밤새 노동을 했더니 배가 고파 죽는 줄 알았소."

"도대체 밤새 무슨 일을 했기에 다들 이렇게 상거지 꼴을 하고 있는 건가요?"

"지인을 만나 회포를 풀었소."

용무성의 대답에 윤서인이 미간을 잔뜩 찌푸렸다. 도대체 무슨 말을 하는 건지 알아들을 수 없었기 때문이다.

용무성이 의미심장한 시선으로 진무원을 바라봤다. 진무원이 코끝에 주름이 잡혔다. 철기당의 무인들 몸에서 역한 냄새가 느껴졌기 때문이다.

'피비린내.'

윤서인은 미처 알아보지 못했지만 철기당 무인들의 옷에는 선혈이 점점이 묻어 있었다.

그때 채약란이 진무원을 빤히 바라보았다.

"왜?"

"그 음식, 내가 먹어도 돼요?"

채약란이 진무원의 그릇에 담긴 음식을 바라보고 있었다. 진무원은 고개를 끄덕이며 자신의 그릇을 채약란에게 밀었다. 그러자 그녀가 고개를 숙여 보이고는 음식을 먹기 시작했다.

"도대체……!"

영문을 알지 못하는 윤서인의 목소리가 불안하게 울려 퍼졌다.

진무원과 용무성의 시선이 허공에서 얽혔다. 순간 용무성의 입꼬리가 말려 올라갔다.

식사를 모두 끝낸 백룡상단은 아침 일찍 객잔을 나섰다. 백룡상단은 서서히 속도를 올리며 관도로 향했다.

무엇이 그리 피곤한지 철기당 무인들은 각자 마차 지붕 위에 올라가 잠이 들었다. 진무원이 모는 마차 지붕에는 용무성이 올라타 코까지 골며 자고 있었다.

곽문정이 말을 몰아 진무원 곁으로 다가왔다.

"밤새 무슨 짓을 하고 이런 데서 잠을 잔대요?"

곽문정이 가자미눈으로 마차 지붕 위에서 잠을 자고 있는 용무성을 흘겨보았다.

"너는 아직 이 냄새를 맡지 못하는 모양이구나."

"냄새? 무슨 냄새요?"

곽문정이 자신한테 하는 이야긴 줄 알고 자신의 옷에 코를 박고 킁킁거렸다.

그때 갑자기 마차 행렬 앞쪽에서 소란이 일어났다.

"불이다!"

"연기가 피어오르고 있어!"

보표들이 웅성거리는 목소리가 진무원과 곽문정의 귀에까지 들려왔다.

진무원과 곽문정이 보표들이 바라보는 곳으로 시선을 옮겼다. 그곳에 큰 불길이 일어나 하늘을 꿰뚫을 듯 넘실거리며 무시무시한 검은 연기를 피워 올리고 있었다.

진무원의 눈매가 가늘어졌다.

공진성이 보표 한 명을 불렀다.

"무슨 일인지 알아보고 오게."

"옛!"

보표가 급히 불길이 피어오르는 곳을 향해 달려갔고, 백룡상단은 멈춰 서서 그가 돌아오길 기다렸다.

그때였다. 언제 일어났는지 용무성이 마차 지붕 위에서 다리를 꼬고 앉아 감탄사를 터뜨렸다.

"그놈 참 시원하게 타오른다. 보는 내가 다 속이 후련해지네. 하하하!"

"그러게 말이우. 거 무지 멋있네. 흐흐!"

용무성처럼 마차 지붕 위에 퍼져 잠을 자던 철기당 무인들이 어느새 하나둘 일어나 불구경을 하고 있었다.

그들의 목소리를 듣는 순간 곽문정은 자신도 모르게 전신에 소름이 돋는 것을 느꼈다. 그것은 보표들도 마찬가지였다. 그들은 알 수 없는 한기에 자신도 모르게 어깨를 움츠렸다.

잠시 후 헐레벌떡 보표가 달려왔다. 공진성이 그에게 급히 물었다.

"그래, 무슨 일인가?"

"능가장(陵家將)이라는 곳에서 큰 화를 당했답니다."

"능가장?"

"예! 이곳 도강언에서 가장 큰 유력자인 능씨 집안의 저택인데 간밤에 정체를 알 수 없는 괴한들의 습격을 받았답니다. 그 때문에 저택을 지키던 무인 수십 명과 능씨 일가가 모조리 몰살당했다고 합니다."

"그게 사실인가?"

"며칠 후면 능대인의 환갑이라 출가한 자식들까지 모조리 들어와 있던 터라 피해가 더욱 컸다고 관군들이 그러더군요. 여자고 젖먹이고 할 것 없이 모조리 죽임을 당했다는데, 그

광경이 말도 못하게 참혹하답니다."

공진성의 얼굴이 딱딱하게 굳었다. 하필 자신들이 도강언에 머물고 있을 때 이런 일이 일어난 것이 꺼림칙하게 느껴진 것이다. 그것은 윤서인도 마찬가지였다.

"그래서 어떻게 되었나요?"

"지금 관군이 범인을 색출하겠다고 사방에 쫙 깔렸습니다."

"범인은 밝혀졌는가?"

"그게 워낙 깊은 밤에 일어난 일이라서 목격자가 없답니다."

"허어! 어떻게 그런 일이……."

공진성이 탄식을 터뜨렸다.

그때 종리무환이 공진성의 옆으로 다가와 말했다.

"여기에서 이러고 있을 시간이 없습니다. 범인을 잡는 일은 관군에게 맡기고 우리는 어서 출발하시죠. 괜히 이곳에 있다가 우리까지 엮일 수 있습니다."

종리무환의 채근에 공진성이 고개를 끄덕였다.

"그럽시다. 모두 출발한다! 서둘러라!"

능가장이 횡액을 당한 것은 안타까운 일이지만 어차피 자신들과는 상관없는 일이었다.

강호의 인심이라는 것이 무정하기 짝이 없어서 자신과 직접적인 연관이 없다면 차라리 모른 척하는 것이 더 낫다는 것을 공진성은 경험으로 알고 있었다.

진무원이 문득 입을 열었다.

"혹시 능가장의 주인 이름이 능원평이 아닌지 모르겠군요."

나직하게 울려 퍼지는 그의 목소리에는 지독한 한기가 내포되어 있었다.

"그런가? 나는 모르겠군. 정말 안타까운 일이야. 그래서 강호인들은 함부로 은원을 맺지 말라고 하지. 자신도 모르는 사이 맺은 은원이 비수가 되어 뒤통수에 꽂힐 수가 있거든."

대답을 한 이는 마치 지붕 위에 가부좌를 틀고 앉아 있는 용무성이었다.

"그럼 필시 능가장의 주인은 은원을 잘못 맺은 것이겠군요."

"그걸 내가 어찌 알겠는가? 그냥 짐작만 할 뿐이지. 그나저나 안타깝구먼. 저런 큰 장원이라면 엄청난 재화가 보관되어 있을 텐데 모두 불에 타서 사라지다니."

"모르죠. 누군가 그 엄청난 재화를 다 빼돌렸을지."

"그럼 그 친구는 정말 엄청난 재신을 잡은 것이군. 부럽다, 부러워."

"능가장을 몰살시킨 이들은 필시 겁쟁이일 겁니다. 타인의 고통에는 무감각하고 대범한 척하지만, 자신에게 가해진 조그만 위협에는 민감하게 반응하는. 그래서 겁을 이기지 못해 이런 짓을 저지른 걸 겁니다."

따가운 시선이 느껴졌다.

철기당의 무인들이 잡아먹을 듯 진무원을 노려보고 있다. 진무원은 그들의 시선을 피하지 않았다.

*   *   *

당가타(唐家陀).

천하에서 가장 유명한 마을 중 하나이다. 인구수는 천여 명이 넘는다. 어지간한 마을보다 훨씬 크고 구성원의 수도 많다. 게다가 마을 구성원 대부분은 무공을 익힌 자들이었다.

당씨 성을 쓰는 사람들이 모여 사는 언덕을 끼고 있는 마을, 그래서 마을의 이름이 당가타였다. 당가타는 사천당문, 혹은 의협당가라고도 불렸다.

당가가 다른 오대세가와 다른 점이 있다면 바로 큰 장원이 없다는 것이다. 다른 오대세가는 가문을 상징하는 커다란 장원을 짓고 그 안에서 생활했다. 반면 당가는 당가타라는 집성촌을 이뤄 생활했다. 적어도 겉보기엔 여느 평범한 마을과 다를 게 없었다.

그러나 그것은 어디까지나 외부에서 보는 모습일 뿐 내부로 들어가면 여느 마을과 확실히 다른 구조를 하고 있음을 알게 된다.

당가타의 중앙에는 다른 서택보다 훨씬 큰 저택이 존재했다. 바로 가주의 거처였다. 가주의 거처를 중심으로 직계 가족들의 거처가 둥글게 에워싸고 있었다.

직계가족들이 모여 사는 거리 바로 뒤쪽으로는 유난히도 큰 저택이 하나 존재했는데 바로 당가의 원로들이 모여 사는 곳이었다.

당가의 원로들은 이곳에서 자신의 지식과 무공을 자손들에게 가르치며 소일했다. 일종의 원로원인 셈이다. 그 때문에 당가에서도 가장 중요하게 생각하는 곳 중의 하나였다.

원로원 근처에는 암기를 만드는 공방들과 독을 연구하는 만독각(萬毒閣)이 존재했다. 아무래도 당가에서 가장 중요한 시설이다 보니 원로원 근처에 두어 안전을 보장한 것이다.

원로원 밖으로도 수많은 저택이 존재했다. 그들 역시 당가의 일원이었고, 당가를 지키는 일차 방벽이었다. 그들 대부분은 당가의 독술이나 암기술을 익힌 무인들이었는데, 평상시에는 생업에 종사하면서 시간을 보냈다.

겉보기엔 아무런 규칙도 없이 무분별하게 지어진 것 같았지만 기실 당가타는 엄격한 규칙과 오행의 원리에 의해 거리가 구성되었다. 평상시에는 그저 평범한 마을에 불과하지만, 일단 싸움이 벌어지면 마을 전체가 가공할 죽음의 함정이 되는 것이다.

마을 사람들 대부분이 혈연으로 이뤄져 있어 낯선 사람이 들어오면 금방 표가 나고, 경계 어린 시선을 받는다. 때문에 담장이 없어도 당가타는 천하에서 가장 안전하고 비밀스러운 곳이라는 평가를 받았다.

당가타 가장 깊은 곳, 가주의 거처에 세 사람이 모여 있다.

가장 상석에는 거친 마의를 입고 있는 육십 대의 촌로가 앉아 있고, 그 양옆으로 사십 대 후반의 중년인과 이십 대 초반으로 보이는 여인이 앉아 있다.

시골 어디서나 볼 수 있는 평범한 촌로의 이름은 당관호. 그가 바로 당대 사천당가의 가주였다.

당가의 가주들은 대대로 단 하나의 별호를 이어받았다.

만독제(萬毒帝).

만 가지 독의 제왕.

모두가 경외하며 두려워하는 별호를 가진 당관호가 이렇게 평범하게 생긴 촌로라는 것을 아는 사람은 거의 없었다. 평생토록 당가타에서 벗어난 일이 단 한 번도 없기 때문이다.

당관호가 심유한 시선으로 양옆에 있는 두 사람을 바라봤다. 중년인의 이름은 당기문이라 했다. 사적으로는 당관호의 조카가 되고, 공적으로는 만독각의 수장인 만독각주이기도 했다.

또한 당관호 다음으로 독에 정통한 독인(毒人)이자 독을 이용해 사람을 살리는 경지에 이른 신의(神醫)이기도 했다. 그는 당문의 무인들이라면 모두 익히는 암기술도 마다하고 한평생을 오직 독에만 파고들었다.

당가의 구성원이면서도 암기술을 모르는 자, 그래서 당가의 어떤 이보다 오히려 주목받는 자가 당기문이었다.

당기문의 옆에 앉은 여인의 이름은 당미려. 아름다운 외모 때문에 사천일화(四川一花)라는 별호로 불리는 당가의 재녀이다.

당관호가 입을 열었다.

"준비는 다 되었는가?"

"준비랄 게 뭐 있겠습니까? 그냥 훌쩍 떠나면 되지요."

"허허! 운중천의 요청으로 당가의 만독각주가 움직이는 일이야. 자네는 좀 더 자신이 얼마나 중요한 사람인지 자각할 필요가 있을 것 같군."

"그런데 운중천에서는 왜 저희를 부르는 겁니까?"

"나도 자세히는 알지 못하네. 단지 운남성에서 문제가 생겼다는 것밖에는. 그리고 그 문제 중 하나가 독이라는 것밖에는."

당관호의 안색이 절로 어두워졌다.

운중천에서 긴급으로 그들에게 협조 요청이 온 것이 이틀 전이다. 내용은 단 하나, 독에 정통한 이를 운남성 곤명으로 보내달라는 것이었다.

이 때문에 당가에서는 원로들을 소집해 긴급회의를 열었고, 만독각주인 당기문을 파견하기로 결정했다. 그리고 무공을 모르는 당기문을 보호하기 위해 당미려를 비롯한 십여 명의 무인이 동행하기로 결정했다.

"원칙대로 하면 내가 가는 게 옳으나 보다시피 산적한 일이 많아 몸을 도저히 뺄 수가 없군."

"겨우 이런 일에 가주님께서 직접 움직이는 것은 모양새가 좋지 않습니다. 저 정도가 딱 좋습니다. 미려도 많은 도움이 될 것이구요."

"혹시라도 위험하다 판단되면 일단 몸부터 빼게. 자네와 미려의 안전을 최우선으로 생각하란 말이야."

"그러다가 운중천에서 트집을 잡으면 어쩌려구 그러십니까?"

"허허! 운중천이 대수던가?"

당관호의 말에 당기문이 미소를 지었다.

운중천에 속해 있는 속문이 아니라 그 이름 자체만으로도 천하를 쩌렁쩌렁 울리는 대의협당가였다. 그들은 운중천을 두려워하지 않았다.

당관호가 아홉 하늘에 속하지 않은 것은 그의 실력이 모자라서가 아니었다. 단지 그가 세상에 모습을 거의 드러내지 않아 실력을 비교할 기회가 없었기 때문이다. 무엇보다 당관호 자신이 아홉 하늘에 연연해하지 않았다.

만독제, 그 위대한 별호 하나면 족했다.

당관호의 시선이 한쪽에 앉아 있는 당미려를 향했다.

"미려야, 부디 조심히 다녀오거라."

"걱정하지 마세요, 가주님."

당미려가 미소를 지으며 대답했다.

개인적으로는 손녀가 되는 당미려이다. 손의 감각이 유달리 예민한데다가 안력과 육감이 뛰어나 당가의 십대암기술 중 하나를 오성의 경지까지 익혔다. 여자들에게 보통 암기술을 전수해 주지 않는 당가의 가풍을 생각하면 분명 파격적인 혜택이었다.

그러나 정작 당미려가 가장 관심을 두고 있는 분야는 암기술보다도 독술이었다. 특히 당기문이 연구하고 있는 활독술(活毒術)에 큰 관심을 두고 있었다.

당기문도 그런 당미려를 귀여워해 틈틈이 자신의 지식을 전수해 주고 있었다. 그녀의 재능은 실로 놀랄 만큼 뛰어나서 당기문도 의발전인으로 생각하고 있을 정도였다.

그녀에게 부족한 것이 있다면 무가의 여인이라고 보기 힘든 여린 마음과 일천한 경험, 그리고 실제 상황에서의 응용력뿐이었다. 그런 것들은 경험이 해결해 줄 일이기에 당기문은 특별히 당미려도 동행하기로 결정했다.

당관호도 걱정스럽긴 했지만 그녀가 동행하는 것을 허락해 주었다. 언제까지 품안에 가둬두고 키울 수는 없었다. 무가의 자식이라면 이런 경험을 통해 성장해야 했다.

"그럼 나가보자꾸나."

"예."

세 사람이 밖으로 나오자 당가를 상징하는 연녹색의 무복을 입은 십여 명의 젊은 무인이 기다리고 있었다. 당기문 등과 함께 운남으로 떠날 당가의 젊은 무인들이었다. 그들은 당기문과 당미려를 지킬 막중한 임무를 부여받았다.

"가주님."

"너희의 임무가 막중하다. 부디 만독각주와 미려를 보호해 무사히 돌아오길 바란다."

"저희에게 맡겨주십시오, 가주님. 두 분의 안전은 저희가 책임지겠습니다."

젊은 무인들 중 우두머리라 할 수 있는 당윤호가 가슴을 치며 호언장담했다. 이 자리에 모인 젊은 무인들은 모두 암기의 귀재들이었다. 이 정도라면 중소 문파 하나 정도는 쉽게 멸문

시킬 수 있을 정도이다.

그 때문에 그들은 이번 운남행을 크게 걱정하거나 두려워하지 않았다. 그저 한가히 즐길 수 있는 유람 정도로 생각하고 있었다.

당관호가 젊은 무인들을 근심스러운 표정으로 바라봤다. 아직 젊다 보니 사안을 너무 가볍게 생각하는 것이 아닌가 하는 느낌이 들었기 때문이다.

그는 젊은 무인들에게 몇 마디 하려다 참았다. 잔소리가 능사는 아니었다. 이들도 경험을 통해 성장해야 했다. 이번 운남행은 이들에게도 좋은 경험이 될 것이다.

"그럼 출발하거라."

"예!"

당기문이 젊은 무인들과 함께 당가타 밖으로 걸음을 옮겼다. 당가타에서 일하던 이들이 당기문과 젊은 무인들을 알아보고 손을 흔들었다.

"잘 다녀오십시오."

"무사히 돌아오게."

언뜻 보면 평범한 마을에서 청년들의 무사 귀환을 빌어주는 모습이다. 당기문 등은 그들에게 일일이 인사를 하며 당가타를 빠져나왔다.

당가타 밖에는 그들이 타고 갈 말들이 기다리고 있었다.

"서둘러야 한다."

"예!"

말에 올라탄 그들이 남쪽을 향해 내달리기 시작했다. 그러나 그들은 몰랐다. 멀리서 그들을 지켜보는 은밀한 시선이 있었음을.

"후루룩!"

거대한 장한이 노점에 앉아 국수를 들이켜고 있었다. 장한의 왼쪽에는 십여 개의 빈 그릇이 놓여 있고, 노점의 주인인 노파가 질렸다는 표정으로 바라보고 있다.

국수를 흡입하고 있는 장한의 얼굴에는 고슴도치처럼 수염이 가득 나 있어 나이를 가늠할 수가 없었다. 그의 옆에는 거대한 덩치만큼이나 커다란 방천화극이 놓여 있었는데, 그 때문에 그의 주위로는 다가오는 사람이 없었다.

노파가 조심스럽게 물었다.

"아니, 그렇게 먹고도 들어갈 배가 있어?"

"흐흐! 할멈 국수가 너무 맛있어서 그러우. 한 그릇 더 주시우."

"또?"

노파가 질린 표정으로 국수 한 그릇을 말아 장한에게 내놨다. 순식간에 한 그릇을 더 비우고 나서야 장한이 만족스러운 표정을 지었다.

"꺼억! 아, 좋다."

장한이 배를 두드리고 있을 때 대로를 따라 일단의 행렬이 지나가고 있었다.

"흠! 백룡상단인가?"

장한이 흥미롭다는 표정으로 행렬을 바라보았다. 행렬의 선두에는 백룡상단을 뜻하는 깃발이 나부끼고 있었다.

장한은 말을 타고 지나가는 백룡상단의 구성원들을 하나하나 바라보았다. 먼저 그의 시선을 끈 이는 선두에 서 있는 용무성과 철기당의 무인들이었다.

"큭! 제법 강해 보이는군."

장한이 나무젓가락을 반으로 잘라 이를 쑤시며 중얼거렸다. 그들을 바라보는 장한의 눈빛이 매섭게 빛났다. 하지만 백룡상단의 누구도 장한의 시선을 알아차리지 못했다.

"응?"

문득 장한의 시선이 마지막 마차에 꽂혔다. 정확히는 마부석에 앉아 있는 마부를 향해서였다. 우연인지 모르지만 적갈색 무복을 입은 마부가 장한을 똑바로 바라보고 있었다.

수많은 사람 속에서 오직 자신 하나만을 콕 짚어서 바라보고 있는 것이다. 장한은 그것은 결코 우연이 아니란 사실을 본능적으로 느낄 수 있었다.

'저 녀석, 이 많은 사람 속에서 내 기파를 감지했다는 건가?'

두 사람의 시선이 허공에서 얽힐 때였다.

"대장."

누군가 장한의 뒤로 다가와 그를 불렀다.

장한이 뒤를 돌아보자 이십 대 중반의 평범해 보이는 남자가 서 있다. 그가 고개를 숙이며 장한에게 말했다.

"당가가 움직였습니다."

"그렇다면 우리도 움직인다. 애들한테 준비하라고 해."

"존명!"

이십 대 남자가 포권을 취하며 힘차게 대답했다.

장한이 문득 뒤를 돌아봤다. 하지만 백룡상단은 이미 사람들 사이로 사라지고 보이지 않았다. 그와 눈이 마주친 마부도 감쪽같이 사라졌다.

"그 녀석……."

*　　　*　　　*

'그자…….'

마부석에 앉아 있는 진무원의 눈빛이 깊이 가라앉았다.

그는 방금 전 시선이 마주친 자를 떠올렸다. 고슴도치 같은 수염 때문에 얼굴을 알아볼 수는 없었지만, 그 패도적인 눈빛만큼은 지금도 그의 뇌리에 선명하게 남아 있다.

마치 시장 한가운데 폭풍이 웅크리고 있는 것 같았다. 그런데도 누구도 그 남자의 존재를 눈치채지 못했다. 심지어는 철기당주 용무성까지도 말이다.

사천성의 성도다. 당연히 규모도 엄청나고 그에 걸맞게 사람들도 엄청나게 북적거린다. 인근에 청성파, 아미파, 사천당가가 있으니 거리에서도 심심치 않게 무인들을 볼 수 있었다. 하지만 그들 중 누구도 장한과 같은 기도를 풍기지 못했다.

'그저 우연이었으면 좋으련만⋯⋯.'

그때 곽문정의 목소리가 그의 상념을 깨웠다.

"무슨 생각을 그렇게 골똘히 하세요?"

"아무것도 아니다. 무슨 일이냐?"

"시간이 촉박해서 성도는 그냥 지나칠 테니까 서두르라고 하네요."

"알겠다."

그것은 오히려 진무원이 원하는 바였다.

이제부터는 정말 시간을 아껴야 했다. 그래야만 황철을 무사히 구할 확률이 조금이라도 높아진다.

곽문정이 마차 옆에서 말을 몰며 근심스러운 표정으로 진무원을 바라봤다.

"왜 그러느냐?"

"괜찮아요, 형?"

"뭐가?"

"저기……."

곽문정이 철기당 무인들을 바라봤다.

진무원의 발언 이후 철기당 무인들은 진무원과 거리를 두고 있었다. 그들 사이에 냉랭한 기류가 흐르고 있다는 것을 모르는 보표는 한 명도 없었다.

성격 좋아 보이는 용무성도 어느 순간부터 진무원과 슬쩍 거리를 두고 있었다. 상황이 그러다 보니 공진성과 윤서인도 덩달아 거리를 두는 형편이었다.

그들 입장에서는 아무래도 진신 내력을 알지 못하는 진무원보다 철기당이 더 믿음이 가는 것이 사실이었다.

수뇌부가 그렇다 보니 일반 보표들도 진무원에게 접근하는 것을 꺼렸다. 하지만 정작 당사자인 진무원은 그런 상황을 대수롭지 않게 생각하고 있었다.

"괜찮다."

"하지만……."

"그들과의 관계가 더 이상 나빠지진 않을 거다. 그 정도면 충분해."

진무원의 대답에 곽문정이 고개를 끄덕였다.

비록 나이는 어리지만 그도 어느 정도 돌아가는 상황을 읽고 있었다.

철기당은 분명 진무원을 꺼리고 있었다. 반면 그의 무력은 인정하고 있었다. 그가 있음으로 해서 전력이 한층 더 강화되는 것은 부인할 수 없는 사실이었으니까.

능가장 일흔여덟 명이 몰살을 당했다. 능가장을 지키던 무인까지 더하면 그 수는 세 자리를 넘어간다. 철기당 무인들이 하룻밤 사이 세상에서 지운 사람의 수였다.

이 정도면 일방적인 학살을 한 것이나 다름없었다. 문제는 그들 중 상당수가 강호와 상관없는 사람들이었다는 것이다. 능가장과의 거래를 위해 찾아온 자들과 빈객으로 있던 사람들까지 모조리 죽임을 당했다. 그 모든 것이 증거 인멸을 위해서였다.

덕분에 무영살막의 암살 위협에서는 벗어났지만 진무원은 마음이 편치 않았다. 자연 그의 목소리에는 날이 섰고, 용무성과 철기당의 무인들을 바라보는 눈빛 또한 곱지 않았다.

진무원은 선(線)이 존재한다고 생각했다.

인간이 인간이기 위한 마지노선.

그 어떤 상황에서도 절대로 지켜야 하는 최소한의 인간성과 도덕의 경계.

그 선을 넘는 순간 인간이 아닌 짐승이 된다. 그리고 철기당은 그 최소한의 선을 넘었다. 그러나 정작 당사자인 철기당은 그것을 대수롭지 않게 생각하고 있었다.

그들에게 최우선은 자신들의 안전이었다. 안전에 위협이 된다고 판단된다면 얼마든지 잔인해질 수 있었다. 그것이 이제까지 철기당이 소수의 인원으로 생존할 수 있는 비결 중 하나였다.

진무원도 머리로는 그들의 방식이 더 효율적이고 생존하기에 수월하다는 것을 알고 있다. 하지만 그들의 방식을 인정할 수는 없었다. 그들의 방식을 인정하는 순간 자신의 믿음을 부정하는 꼴이 되기 때문이다.

결국 그들은 서로 평행선을 달릴 수밖에 없는 존재였다. 접점 따윈 존재하지 않았다. 당장의 이해관계가 얽혀 동행하지만 그것은 언제 깨질지 모르는 불완전한 동맹이었다.

진무원도 그 사실을 알고 있고 철기당도 알고 있다.

아직 선을 넘지 않은 자와 선을 넘은 자는 그렇게 아슬아슬한 동행을 이어가고 있었다.

백룡상단은 성도를 빠져나와 빠른 속도로 남하했다.

아미산을 지나고 서창(西昌), 덕창(德昌)을 지났다. 잠자는 시간, 쉬는 시간을 아껴가며 달린 결과 보름 만에 사천성과 운남성의 접경 지역에 도착할 수 있었다.

모두의 얼굴에 피로한 기색이 역력했다. 그들의 머리와 어깨에는 먼지가 가득 쌓여 있다. 그래도 목적지인 운남성에 거의 다 왔다는 사실이 그들이 느끼는 피로를 약간은 덜어주었다.

"오늘은 이곳에서 노숙하고 내일 아침 일찍 운남성으로 들어간다. 곤명에 도착하면 하루는 푹 쉬게 해줄 테니 모두 힘내자."

공진성의 말에 보표들이 한숨을 내쉬었다. 또다시 밖에서 노숙해야 한다는 사실이 그들을 지치게 만든 것이다. 그래도 조금만 더 가면 곤명에서 편히 쉰다 하니 그들의 얼굴에 조금씩 미소가 돌아왔다.

하루 이틀 해본 일이 아니었다. 보표들은 능숙하게 마차를 모아 방벽을 만들고 노숙할 준비를 했다. 몇몇 보표가 경계를 서는 동안 나머지 보표들은 잠자리를 만들고 음식을 준비했다.

그동안 진무원은 곽문정을 데리고 따로 밖으로 나왔다.

진무원은 남하하는 동안 곽문정의 무공을 틈틈이 봐주었다. 절학을 전수해 주는 것이 아니라 황철이 그랬듯 잘못된 점을 지적해 주고 바른 자세로 무공을 익힐 수 있도록 조언을 아끼지 않았다.

쉭쉭!

어둠 속에서 곽문정이 중검을 휘두르고 있다.

숨은 거칠어지고 얼굴은 붉게 달아올랐다. 그래도 곽문정은 힘들단 투정 한마디 하지 않고 악착같이 검을 휘둘렀다.

그도 알고 있었다. 진무원 같은 무인에게 가르침을 받는 것이 얼마나 대단한 일인지 말이다.

진무원은 곽문정을 억지로 바꾸려고 하지 않았다. 곽문정의 장점을 찾아내고 그에 알맞게 검을 익히도록 유도했다. 그결과 둔재란 소리를 듣던 곽문정은 매일 조금씩 성장해 가고 있었다.

곽문정이 검을 휘두르는 모습을 지켜보던 진무원이 문득소리쳤다.

"그만! 거기까지!"

"헉헉! 더 할 수 있어요!"

"무조건 지칠 때까지 검을 휘두르는 것만이 능사는 아니다."

"그래도……."

"쉴 때는 확실히 쉬어서 몸을 회복해야 한다. 그래야 더 빠른 성장을 할 수 있다. 그리고 이제 운남성이 코앞이다. 어떤 위험이 기다리고 있는지 모르니 푹 쉬어서 몸 상태를 최고조로 끌어올려야 한다."

"알았어요."

아쉽긴 하지만 곽문정은 진무원의 말에 수긍했다. 이제까지 진무원은 단 한 번도 그에게 틀린 답을 준 적이 없기 때문이다.

지금 그에게 가장 존경히는 인물이 누구냐고 묻는다면 당연히 진무원이라 말할 것이다. 그는 진무원을 만난 것이 일생의 행운이라고 생각하고 있었다.

"그래도 많이 좋아졌다."

"정말요? 헤헤!"

진무원의 칭찬에 곽문정이 헤벌쭉 미소를 지었다. 그는 진무원의 칭찬을 듣는 것이 세상에서 가장 기뻤다.

"이제 그만 돌아가자. 늦게 가면 먹을 것이 남아 있지 않을 것이다."

"예!"

두 사람이 함께 야영지로 걸음을 옮길 때였다.

누군가 그들 앞을 막아섰다. 마치 얼음장을 옮겨놓은 것처럼 차갑기 그지없는 얼굴에 매서운 눈매를 하고 있는 남자는 바로 칠교검사 공손창이었다.

그가 입을 열었다.

"잠깐 시간 좀 내줄 수 있겠는가?"

"무슨 일입니까?"

"자네에게 비무를 신청하고 싶네."

"비무?"

진무원이 공손창의 얼굴을 바라봤다. 그의 얼굴은 그 어느 때보다 진지했다.

'진심이군.'

매서운 눈매에 담긴 은은한 살기가 느껴졌다. 진무원이 수락하기 전에 벌써 기운을 끌어올린 것이다. 진무원이 허락하면 당장에라도 검을 빼 들 기세였다.

공손창은 입술을 질근 깨물었다.

그는 백룡상단의 연무장에서 처음 만났을 때의 진무원을 떠올렸다. 그때 그는 진무원에게 그렇게 말했다. 검은 만병지왕이니 열심히 익히면 훌륭한 검객이 될 수 있을 거라고.

지금 생각하면 정말 낯부끄러운 말이다. 진무원이 속으로 자신을 얼마나 비웃었을까 생각하면 지금도 얼굴이 화끈거렸다.

공동파의 장문제자인 무진을 상대로 내보인 그의 검술은 진짜배기였다. 적어도 그의 실력엔 한 점의 의심도 없었다.

문제는 공손창 자신이었다. 공손창은 진무원에게 자존심이 짓뭉개졌다고 생각했다. 그는 뭉개진 자존심을 회복하기 위해 진무원에게 비무를 청한 것이다.

그는 진무원이 반드시 자신의 비무를 받아줄 거라고 생각했다. 그러나 돌아온 진무원의 대답은 뜻밖이었다.

"거절하겠습니다."

"뭣이?"

공손창의 눈썹이 하늘로 치켜 올라가면서 절로 살기가 흘러나왔다.

"왠가?"

"지금 나에게 공손 대협과의 비무는 의미가 없기 때문입니다."

"의미가 없다? 흥! 이건 내 생각보다 더 오만하군. 이 공손창이 그렇게 우습게 보인 건가? 나와의 비무마저 의미가 없을 정도로?"

"죄송합니다. 지금은 우리끼리 싸우면서 힘을 빼고 싶지 않습니다."

"무엇이 두려운가?"

"네?"

"나와 싸워서 패배를 하는 것이 두려운 건가, 아니면 철기당을 적으로 돌릴까 두려운 것인가?"

진무원의 눈썹이 꿈틀거렸다.

도발이다. 보통 사람이었다면 분명 그의 도발에 넘어갔을 것이다. 하지만 진무원은 표정 하나 변하지 않았다.

"아까도 말씀드렸다시피 운남성을 코앞에 두고 우리끼리 싸워서 힘을 빼고 싶지 않습니다."

공손창과 겨루는 것은 진무원에겐 의미가 없었다. 그 어떤 대의명분도 없고 이겨도 실속이 없는 싸움 따윈 피하고 싶었다.

공손창의 입술이 뒤틀렸다.

"그래도 제법 기개가 있는 줄 알았더니 알고 보니 겁쟁이에 불과했군."

그의 신랄한 조소에 옆에 있던 곽문정이 주먹을 꽉 쥐었다. 그가 막 뭐라 외치려는 찰나 진무원이 어깨를 잡아 안정시켰다.

"형?"

곽문정이 진무원을 올려다봤다. 하지만 진무원의 두 눈에는 그 어떤 흔들림도 존재하지 않았다. 오히려 진무원을 바라보는 공손창의 두 눈만 씰룩이고 있었다.

"흥!"

그가 코웃음을 남기고 뒤돌아갔다.

* * *

백룡상단은 마침내 운남성에 들어왔다. 운남성은 공기부터가 중원과 달랐다. 엄청난 열기와 후텁지근한 공기가 벌써부터 보표들을 괴롭히기 시작했다. 보표들의 얼굴은 가공할 열기에 벌써부터 벌겋게 달아올랐다.

공진성이 다시 한 번 보표들에게 주의를 당부했다.

"모두 독충에게 물리지 않도록 주의하라."

"예!"

유난히 따뜻한 기후 때문에 각종 독충과 독물이 많이 서식하는 운남이었다. 특히 수풀이 우거진 곳을 지날 때는 각별히 주의해야 했다.

'드디어 운남인가?'

진무원의 눈이 빛났다.

길고 지루한 여정의 종착지가 다가오고 있었다. 물론 곤명에 도착했다고 끝은 아니었다. 그래도 최소한 황철이 그와 같은 공간 어딘가에 있을지 모른다고 생각하니 마음이 한결 놓였다.

문득 누군가의 시선이 느껴져서 고개를 돌리니 공손창이 적의가 담긴 시선으로 자신을 바라보고 있었다. 어젯밤 비무 제의를 거절한 이후 공손창은 진무원을 향한 적의를 감추지 않고 있었다.

공손창은 진무원이 바라보자 고개를 돌렸다. 하지만 그는 여전히 진무원을 의식하고 있었다. 진무원은 공손창에게서 신경을 껐다. 공손창이 거슬리긴 했지만 계속해서 그에게 심력을 소모하는 것 자체가 쓸데없는 낭비라고 느껴졌기 때문이다.

대신 진무원은 앞으로의 계획을 점검하기 시작했다.

'어차피 철기당과의 공조가 물 건너간 이상 정보를 전적으로 그들에게 의존하는 것은 어리석은 일이다. 우선은 삼뇌서생(三腦書生) 하진월을 찾아야 한다.'

공동파의 무진이 그랬다. 곤명에 도착하면 하진월을 찾으라고.

그가 얼마나 대단한지 모르지만 삼뇌서생이라는 별호를 쓰고 있는 만큼 범상한 인물은 아닐 것이다. 그를 찾아 운남의 정확한 상황부터 파악해야 했다.

진무원이 나직이 한숨을 내쉬었다.

무엇 하나 쉬운 것이 없었다. 하지만 상황이 조금 힘들다고 해서 황철을 포기할 수는 없었다.

진무원은 설화를 어루만졌다.

문득 은한설이 떠올랐다. 칠 년이란 세월이 흘렀으니 희미해질 만도 하건만 오히려 더 또렷하게 그 모습이 떠올랐다.

'잘 지내고 있지?'

은한설을 떠올릴 때면 아직도 가슴 한쪽이 찌릿했다. 마치 가슴 한쪽을 칼로 도려낸 것처럼.

그때 진무원의 상념을 깨우는 목소리가 여기저기에서 들려왔다.

"시신이다!"

"여기도 시신이 있다!"

진무원이 마부석에서 일어나 목소리가 들려온 방향을 바라봤다. 그러사 길가 곳곳에 쓰러져 있는 시신들이 보였다.

바람을 타고 혈향이 짙게 풍겨왔다. 죽은 지 얼마 되지 않았다는 증거이다.

진무원이 시신을 향해 다가갔다. 그곳에는 이미 공진성과 철기당 무인들이 와서 시신의 상태를 살펴보고 있었다.

"죽은 지 얼마 안 됐다."

그들도 진무원과 같은 결론을 내렸다.

종리무환이 엎어져 있는 시신을 뒤집었다.

붉은 전포와 갑주를 걸친 강인한 인상의 남자이다. 갑주로 보호받지 못한 남자의 목덜미에 혈질려와 어린아이 손바닥만한 길이의 비수가 꽂혀 있다.

종리무환이 미간을 찌푸리는 모습을 본 용무성이 물었다.

"왜 그러느냐?"

"독입니다. 얼굴이 검은 것을 보니 극독에 중독된 것이 분명합니다."

"극독?"

용무성의 얼굴이 딱딱하게 굳었다.

암기와 독에 죽었다면 답은 하나로 좁혀진다.

"당… 가인가?"

종리무환이 말없이 고개를 끄덕였다. 모두의 얼굴이 그처럼 심각하게 변했다.

천하를 논할 때 빠질 수 없는 문파가 바로 당가였다. 비록 혈족으로 이뤄져 그 어느 곳보다 폐쇄적이지만 독과 암기로 천하에 따라올 자가 없다는 곳이 바로 당가였다.

"당가가 왜?"

모두의 머리에 동시에 떠오른 의문이다.

비록 독과 암기를 무기로 사용하지만, 그 위험함을 너무나 잘 알기에 오히려 무력 사용을 자제하는 곳이 당가였다.

"누군가 당가와 충돌했군. 지금으로써는 누가 먼저 공격한 것인지 알 수 없지만."

평소 두려울 것이 없어 보이던 용무성의 얼굴에도 긴장의 빛이 역력했다. 당가는 결코 적으로 둬서는 안 될 무서운 곳이다. 비록 용무성과 철기당이 강호에서 알아주는 무력을 소유했다고 하지만, 당가와 비교할 수는 없었다.

독에 중독될 것을 우려한 용무성이 품에서 사슴 가죽으로 만든 장갑을 꺼냈다. 장갑 낀 손으로 시신을 뒤졌지만 신분을 증명할 만한 물건은 나오지 않았다.

"골치 아프게 됐군."

신분을 증명할 물건이 없다는 것은 저들이 마음먹고 당가와 부딪쳤다는 것을 뜻했다. 그 말은 곧 미지의 적이 당가를 두려워하지 않는다는 뜻이기도 했다.

용무성이 종리무환을 바라보았다. 그의 생각을 묻는 것이다.

생각을 정리한 종리무환이 입을 열었다.

"당가가 연루된 사건이라면 차라리 개입하지 않는 것이 낫습니다. 당가를 건드릴 정도의 적이라면 우리의 상대로 버겁습니다."

"쯧!"

용무성이 못마땅한 표정을 지었지만 종리무환은 개의치 않고 말을 이었다.

"우리의 목적은 셋째공자를 비롯한 백룡상단의 무인들을 구해내는 겁니다. 그때까지는 그 어떤 외부의 문제에도 휩쓸리면 안 됩니다."

종리무환은 냉정하면서도 단호하게 말했다. 철기당을 비롯한 백룡상단의 보표들이 수긍하는 표정을 지었다.

자신의 한 몸 간수하기도 힘든 상황이다. 다른 일에 휩쓸렸다가는 그 후환과 여파가 어디까지 미칠지 짐작하기 어려웠다.

윤서인이 자신도 모르게 중얼거렸다.

"당가라니⋯⋯. 도대체 운남에서 무슨 일이 벌어지고 있는

걸까요?'

그러나 그녀의 물음에 답해주는 사람은 아무도 없었다. 그들 역시 그녀만큼이나 큰 의문을 갖고 있었다.

모두가 상념에 빠져 있을 때 진무원은 바닥에 누워 있는 시신을 유심히 살폈다.

'마치 차돌처럼 단단한 상체 근육과 유난히 굵은 오른쪽 상박과 팔뚝. 이 남자는 분명 무게가 나가는 중병(重兵)을 무기로 사용했을 것이다.'

진무원이 주위를 살펴봤다.

풀이 어지럽게 눕혀져 있고 남자의 것으로 짐작되는 발자국이 곳곳에 찍혀 있다.

남자의 동선이 절로 그려졌다.

진무원은 머릿속의 그림을 따라 걸음을 옮겼다. 누구도 그를 신경 쓰지 않았다.

남자의 흔적을 따라 도착한 곳은 평지가 내려다보이는 얕은 구릉 위였다. 우거진 풀이 짓이겨져 있고 꽤 많은 발자국이 바닥에 찍혀 있다.

'이곳에 은신해 있다가 암습했군.'

진무원은 발자국 수를 헤아려 보았다.

'최소 서른 명 이상. 그중 몇 명은 굉장한 고수이다.'

진무원은 그들이 남긴 흔적을 통해 무공 수준을 가늠했다.

바닥에 흔적이 거의 남아 있지 않은 데다가 희미하게 남아 있는 발자국에도 무게 배분이 고르게 남아 있다. 그 말은 곧 자신의 몸을 완벽하게 제어할 수 있는 수준의 무공을 익혔다는 뜻이다.

진무원이 암습자들이 숨어 있던 구릉에서 밑을 내려다봤다. 백룡상단의 마차 행렬이 내려다보였다. 암습자들은 당가의 무인들이 저곳을 지날 때를 기다려 암습했을 것이다.

'암기와 독을 사용하는 자들에겐 최악의 환경.'

독을 사용하려 해도 사방이 막힌 지형이라 확산되지 못하고 고일 것이다. 암기를 사용해도 나무나 수풀 같은 엄폐물 때문에 방해를 받을 것이다. 더구나 시신이 입고 있는 중갑은 어지간한 암기로는 뚫을 수 없을 정도로 튼튼해 보였다.

'전략을 제대로 알고 있는 자가 습격을 주도했다.'

만일 그가 노린 것이 당가가 아닌 백룡상단이었다면 어땠을까?

'철기당의 몇몇 무인을 빼놓곤 몰살을 당했을 것이다.'

잠시 상상을 해보던 진무원은 전신의 피가 싸늘히 식는 것을 느꼈다.

죽음의 냄새가 곳곳에서 풍겨오고 있었다.

이곳은 이미 전장이었다.

　　　　*　　　　*　　　　*

　길가에 보이는 시체가 점점 늘어나고 있었다. 붉은 갑주를
입은 무인들과 연녹색 무복을 입은 무인들의 시체가 곳곳에
뒤엉켜 있었다.

　철기당의 무인들 표정이 심각하게 변했다.

　연녹색의 무복은 당가를 상징한다. 당가타에서 생활할 때
는 자유로운 복장을 하지만, 공적인 일로 당가타를 나올 때
그들은 항상 연녹색의 무복을 입었다.

　당가가 연관되었다는 추측이 사실로 확인되는 순간이었
다.

　백룡상단의 보표들은 물론이고 철기당의 무인들도 표정이
얼어붙었다.

　세상에 수많은 문파가 존재하지만 당가만큼 은원이 확실
한 곳은 없었다. 은혜는 열 배로 갚지만, 원한은 백 배로 갚았
다. 특히 공적인 일로 나온 당가의 무인들을 건드린다는 것은
당가 전체와 원한을 맺는 것이나 다름없었다.

　'잘못 판단했다. 아예 처음 시신을 발견했을 때 다른 길로
돌아가야 했는데.'

　공진성과 종리무환의 머릿속에 동시에 떠오른 생각이다.

　지금까지 본 시신의 수만 십여 명이 넘었다. 이 정도라면

일대에서 이들의 광범위한 싸움이 벌어지고 있다고 봐도 무방했다.

종리무환이 용무성에게 말했다.

"그냥 지나치는 것이 최선이지만, 그래도 만일의 사태에 대비해야겠습니다."

"쯧! 지랄 같군. 이제 겨우 운남성 초입인데 이런 난관이라니. 아무래도 이번 의뢰는 득보다 실이 많을 것 같군."

"제 잘못입니다. 소제가 조금 더 신중했어야 하는데."

종리무환의 얼굴이 어두워졌다.

다가올 위협은 최대한 피하고 어쩔 수 없는 위험 요소는 선제공격으로 제거하는 것이 철기당의 방식이다.

감당할 수 없는 의뢰는 교묘히 피하면서 지금의 명성을 쌓았는데, 자칫하다간 그간 힘들게 쌓아온 모든 것이 날아갈 수도 있는 상황이었다.

"어쩔 수 없지. 모두 언제든 전투를 할 수 있도록 준비해. 앞으로는 무슨 일이 일어날지 모르니까. 지금부터는 종리 부당주가 지휘한다."

"옛!"

철기당 무인들이 대답과 함께 무기를 꺼내 들었다.

종리무환이 임진엽을 바라봤다.

"진엽 형님이 선두에 섭니다."

"음!"

임진엽은 사냥꾼 출신으로 진퇴로를 확보하는 데 도가 튼 사람이다.

"그 뒤를 당주와 채 부당주가 맡아주셔야 합니다."

두 사람이 고개를 끄덕였다.

"진홍 형님은 언제든 화살을 쏠 수 있도록 준비해 주세요."

"알았다."

"공손 형님은 중간을 지켜주시고, 만형과 지형은 언제든 지원할 수 있도록 대기하고 있으세요."

"음!"

종리무환은 일사천리로 지시를 내렸다.

그는 철기당의 두뇌였다. 용무성부터 지성율까지 그의 말을 거역하는 사람은 단 한 사람도 없었다.

종리무환의 시선이 공진성을 향했다.

"공 단주님께서는 보표들을 이끌고 언제든 전열을 이탈할 수 있도록 준비해 두십시오. 혹시라도 상황이 안 좋아지면 물건은 모두 포기해야 합니다."

"하지만……."

"지금은 목숨이 우선입니다."

"알겠네."

결국 공진성도 종리무환의 말을 수긍했다.

마지막으로 종리무환의 시선이 향한 이는 바로 진무원이었다. 그의 입술이 들썩였다. 그는 진무원에게 무언가를 말하려다가 그냥 입을 다물었다.

용무성이 의아한 표정을 지었다.

"왜 그에겐 지시를 하지 않느냐?"

"어차피 제가 통제할 수 있는 자가 아닙니다. 통제할 수 없다면 차라리 제가 구상하는 그림에서 제외하는 것이 낫습니다."

"지금은 한 명이라도……."

"당주, 저도 부당주와 같은 생각입니다."

이제껏 가만히 있던 공손창까지 종리무환의 의견에 동조했다. 공손창까지 이렇게 나오자 용무성도 인상만 찌푸릴 뿐 더 이상 무어라 말하지 않았다.

종리무환이 결정했다면 그걸로 끝이다. 이제까지 그들은 늘 그렇게 위기를 헤쳐 왔으니까.

'쯧! 이것들이 빈정이 단단히 상한 모양이구나.'

자신 역시 능가장 사건이 있은 후 진무원에게 마음이 어느 정도 상한 것은 사실이었다.

진무원은 부담스러운 존재였다. 거두기에는 버겁고 그렇다고 마냥 멀리하기엔 그가 소유한 무력이 아쉬웠다. 그 때문에 용무성조차 진무원과의 관계를 어찌할지 확실히 정립하지 못했다.

그러나 이제는 결정해야 했다.

'내 밑으로 끌어들일 수 없다면 확실히 선을 긋는다.'

진무원의 무력이 아쉽긴 하지만 철기당의 의기를 해치면서까지 그와 함께하고 싶지는 않았다. 그에게 가장 중요한 것은 철기당의 존립이었다.

무엇보다 그 역시 당가와 연관된 사건에 관련되고 싶지 않았다. 당가와 관련된 일치고 뒤끝이 좋은 일은 없었다. 자존심이 상하긴 하지만 목숨보다 중요하진 않았다.

"알았다. 네 뜻대로 하거라."

"고맙습니다."

종리무환이 진무원을 흘깃 바라봤다.

자신에 대한 이야기가 오가고 있는 것을 아는지 모르는지 진무원은 마치 지붕 위에 우두커니 서서 전방을 바라보고 있었다. 그가 무슨 생각을 하는지 도무지 알 수가 없었다.

종리무환도 알고 있었다. 자신이 진무원을 배척하는 것이 그다지 옳은 판단이 아니라는 것을. 하지만 그는 진무원을 인정할 수 없었다. 진무원을 인정하면 자신과 철기당을 부정하는 것 같았기 때문이다.

'독불장군이 홀로 설 수 있을 정도로 강호는 만만한 곳이 아니야. 당신도 그 사실을 알아야 해.'

종리무환이 입술을 질근 깨물며 일행에게 출발할 것을 지시했다. 진무원도 그들을 따라 마차를 움직였다.

진무원이 종리무환을 바라보았다. 종리무환은 선두에 서서 철기당 무인들과 백룡상단의 진용을 진두지휘하고 있었다. 그가 의식적으로 자신을 꺼리는 것이 느껴졌다. 그와 자신 사이에는 결코 넘을 수 없는 높은 벽이 존재하고 있었다.

그 벽은 지금까지 살아온 가치관과 세상을 바라보는 눈, 그리고 자신만의 정의가 복합되어 만들어진 결정체였다. 결코 쉽게 바뀔 수도, 타인에 의해 변화될 수도 없는 종류의 것이었다.

쉬익!

그때였다. 풀숲을 뚫고 누군가 백룡상단이 있는 곳을 향해 달려왔다. 피투성이가 된 남녀이다.

용무성이 그들을 보며 소리쳤다.

"멈춰라!"

촤앙!

철기당과 보표들이 일제히 무기를 꺼내 들었다. 그러자 피투성이 여인이 급히 말했다.

"저희는 당가의 무인이에요! 지금 악적들에게 쫓기고 있어서 그러니 저희 좀 도와주세요!"

다급한 목소리로 말하는 여인은 바로 당미려였다. 그녀는 당기문을 부축하고 있었는데, 축 늘어진 것이 의식이 거의 없는 것 같았다. 당미려도 엄중한 상처를 입었는지 옷 사이로 혈흔이 내비치고 있었다.

용무성이 앞으로 나섰다.

"지금 당가라고 하셨소?"

"그래요! 저는 당미려고 이분은 제 숙부이신 당기문 대협이세요! 기습을 받아서 숙부의 상세가 위중하니 저희 좀 도와주세요! 은혜는 반드시 갚을게요!"

"큭!"

용무성은 쉽게 대답하지 못했다.

당가에게 은혜를 베풀면 얻을 수 있는 것이 무궁무진하다. 하지만 그는 손을 내미는 것을 주저했다. 그가 슬쩍 종리무환을 쳐다봤다. 그러자 종리무환이 고개를 살며시 저었다. 명백한 거절의 표시이다.

당미려는 눈치가 없는 사람이 아니었다. 그녀는 용무성과 백룡상단이 자신에게 도움을 주지 않으려 한다는 사실을 눈치챘다. 하지만 이대로 물러날 수는 없었다.

"제발 부탁할게요. 이번에 도와주시면 당가에서 큰 보답을 할 거예요."

"미안합니다, 소저. 우리는 강호의 평범한 상단에 불과합니다. 정중히 부탁하건대 우리는 강호의 은원에 휩쓸리고 싶지 않군요."

대답한 이는 종리무환이었다.

이렇게 말하는 그도 마음은 편치 않았다. 하지만 현 상황에서 그가 선택할 수 있는 여지는 존재하지 않았다.

'천하의 당가조차 당해내지 못한 자들이다. 결코 이들과 연루되어서는 안 된다.'

종리무환의 단호한 대답에 당미려가 입술을 질근 깨물었다.

다급한 처지가 아니었다면 결코 이들에게 도움을 요청하지 않았을 것이다.

정체불명의 적들은 철저한 함정을 판 채 그들을 기다렸다. 그들이 제일 먼저 노린 이는 바로 당기문이었다. 당기문을 무력화시킴으로써 독의 위협에서 자유로워진 것이다.

당가의 무인들은 암기로 반격을 꾀했지만 적들이 입고 있는 붉은 갑주를 뚫기에는 역부족이었다. 무슨 재질로 만들었는지 붉은 갑주는 당가의 암기가 통하지 않았다.

적을 향해 용맹하게 달려들던 당윤후는 단 일도에 몸이 두 동강이 나서 죽었다. 붉은 갑주의 보호를 받지 못하는 부위에 암기를 날려 적 몇 명을 쓰러뜨렸지만 그사이 당가의 젊은 무인들은 몰살당하고 말았다.

젊은 무인들은 사적으로는 당미려의 친척이다. 만일 당기문이 아니었다면 당미려도 장렬히 그들과 함께 산화했을 것이다. 그러나 당기문의 목숨을 살리는 것이 우선이었기에 그녀는 피눈물을 흘리며 도주했다.

적들은 무서울 정도로 당가의 약점을 꿰뚫어 보고 있었다. 그만큼 철저하게 준비했다는 증거였다.

더군다나 그들을 이끄는 거한은…….

부르르!

당미려는 그를 떠올리는 것만으로도 온몸에 소름이 돋는 것을 느꼈다.

그녀가 다시 한 번 말했다.

"제발……."

"미안하오, 소저."

용무성이 출발하라는 손짓을 했다.

이제까지 숨을 죽이며 지켜보고 있던 철기당과 백룡상단의 무인들이 복잡한 표정으로 마차를 출발시켰다. 마음으로는 이래서는 안 된다는 것을 알고 있지만, 종리무환의 말에 토를 달거나 반기를 들 수는 없었다.

당미려는 당기문을 부축한 채 절망 어린 표정으로 그들이 떠나가는 모습을 바라봐야 했다.

더 이상 부탁할 염치도 없었다. 그들의 결정이 일견 이해가 되기도 했다. 아마 자신이 반대의 입장이었더라도 그렇게 했을지 모르니까. 하지만 천하의 당가가 이렇듯 외진 곳에서 이런 대접을 받을 줄은 정말 꿈에도 생각하지 못했다.

'이게 세상의 인심인가?'

의기가 사라진 세상, 그녀는 그 한가운데 서 있었다.

마차 한 대 한 대가 지나쳐 갈 때마다 그녀의 절망이 깊어졌다. 그렇게 거의 모든 마차가 지나갔다고 느꼈을 때, 검은 그림자가 그녀 앞에 드리워졌다.

그녀가 자신도 모르게 고개를 들어 앞을 바라봤다. 그녀의 앞에 마차 한 대가 서 있다. 그리고 마부석에 앉은 남자가 그녀를 내려다보고 있었다.

그가 손을 내밀었다.

"타시오."

"아!"

당미려의 눈동자가 흔들렸다.

『북검전기』 4권에 계속…

진가도

2부

백준 新무협 판타지 소설

FANTASTIC ORIENTAL HEROES

진가도(眞家刀)!!

하늘 아래 오직 단 하나의 칼이 존재했으니,
그것은 진가(眞家)의 칼이었다.

"우린… 왜… 그렇게 만났지?"
언젠가 그녀가 내게 물어왔었다.
그때는 대답하지 않았으나 알고는 있었다.
단지 눈앞에 강한 자가 있으니까.
-본문 中발췌.

Book Publishing CHUNGEORAM

풍신서윤

風神

徐僧

강태훈 新무협 판타지 소설

FANTASTIC ORIENTAL HEROES

2015년 대미를 장식할 무협 기대작!

『풍신서윤』

부모를 잃은 서윤에게 찾아온
권왕 신도장천과 구명지은의 연.
그러나 마교의 준동은
그 인연을 죽음으로 이끄는데…….

"나는 권왕이었지만
너는 풍신(風神)이 되거라!"

권왕의 유언이 불러온 새로운 전설의 도래.
혼란스러운 세상을 정화하는 풍신의 질주가 시작된다!

Book Publishing CHUNGEORAM

유행이 아닌 자유추구 -
www.chungeoram.com

이민섭 新무협 판타지 소설

EPIC ORIENTAL HEROES

역천마신

사술을 경계하라!

『역천마신』

소림의 인정을 받지 못한 비운의 제자 백문현.
무림맹과 마교의 음모로 무림 공적으로 몰린
그에게 찾아온 선택의 기회.

"사술, 이것을 받아들인다면 인세에 다시없을 악귀가 될 것이네."

복수를 위해 영혼을 걸고 시전한 사술이 이끈 곳은
제남의 망나니 단진천의 몸.

"무림맹 그리고 마교, 그 두 곳을 박살 낼 것이다."

이제 그의 행보에 전 무림이 긴장한다!

Book Publishing CHUNGEORAM

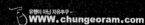

유행이 아닌 자유추구 -
WWW.chungeoram.com

철백 新무협 판타지 소설
FANTASTIC ORIENTAL HEROES

大武
대무사

피와 비명으로 얼룩진 정마대전의 종결.
그리고…

"오늘부로 혈영대는 해산한다."

혈영대주 이신.
혈영사신(血影死神)이라고 불리는 그가
장장 십오 년 만에 귀향길에 올랐다.

더 이상 전쟁의 영웅도, 사신도 아니다!

무사 중의 무사, 대무사 이신.
전 무림이 그의 행보를 주목한다!

Book Publishing CHUNGEORAM

유행이 아닌 자유추구-
WWW.chungeoram.com

검자 新무협 판타지 소설
FANTASTIC ORIENTAL HEROES

목탁

해적으로 바다를 누비던 청년,
절해고도에 표류해… 절대고수를 만나다!

"목탁은 중생을 구제하는
좋은 이름일세."

더 이상 조무래기 해적은 없다!
거칠지만 다정하고, 가슴속 뜨거운 것을 품은

목탁의 호호탕탕 강호행에
무림이 요동친다!

Book Publishing CHUNGEORAM

유행이 아닌 자유추구 -
WWW.chungeoram.com

사략함대 장편소설

FUSION FANTASTIC STORY

2016년 대한민국을 뒤흔들 거대한 폭풍이 온다!

『법보다 주먹!』

깡으로, 악으로 밤의 세계를 살아가던 박동철.
그는 어느 날 싱크홀에 빠진다.

정신을 차린 박동철의 시야에 들어온 건 고등학교 교실.
그리고 그에게 걸려온 의문의 ARS는 그를 새로운 인생으로 이끄는데……

빈익빈 부익부가 팽배한 세상, 썩어버린 세상을 타파하라!

법이 안 된다면 주먹으로!
대한민국을 뒤바꿀 검사 박동철의 전설이 시작된다!

Book Publishing CHUNGEORAM

유행이 아닌 자유추구 -
WWW.chungeoram.com

연기의 신

FUSION FANTASTIC STORY

서산화 장편소설

GOD OF ACTING

PRODUCTION
DIRECTOR
CAMERA
DATE   SCENE   TAKE

무대, 영화, 방송…
모든 '연기'의 중심에 서다!

『연기의 신』

목소리를 잃고 마임 배우로 활동하던 이도원은
계획된 살인 사건에 휘말려 비참한 죽음을 맞이한다.
그런 그에게 주어진 특별한 기회, 타임 슬립.

"저는 당신의 가면 속 심연을 끌어내는 배우입니다."

이제 그의 연기가 관객을 지배한다!
20년 전으로 되돌아가 완전한 배우로서의
삶을 꿈꾸는 이도원의 일대기!

Book Publishing CHUNGEORAM

유행이 아닌 자유추구 -
WWW.chungeoram.com